Ніщо не може уникнути вашої долі

Ніщо не може уникнути вашої долі

ALDIVAN TORRES

CONTENTS

1   1

«Ніщо не може уникнути вашої долі»
Aldivan Torres

Ніщо не може уникнути вашої долі

Автор: Aldivan Torres
© 2020- Aldivan Torres
Всі права захищені

Ця книга, включаючи всі частини, захищена авторським правом і не може бути відтворена без дозволу автора, перепродана або передана.

Aldivan Torres, є консолідованим письменником у кількох жанрах. На сьогоднішній день він має назви, опубліковані десятками мов. З раннього віку він завжди був любителем мистецтва письма, закріпивши професійну кар'єру з другої половини 2013 року. Він сподівається своїми творами вести свій внесок у міжнародну культуру, викликавши задоволення від читання тих, хто ще не має звички. Ваша місія полягає в тому, щоб завоювати серця кожного з ваших читачів. Крім літератури, її основними смаками є музика, подорожі, друзі, сім'я, задоволення від життя. «Для літератури, рівності, братерства, справедливості, гідності та честі людини завжди» є його девізом.

Ніщо не може уникнути вашої долі

Після довгої подорожі

Релігійний храм

Перше святилище

У другому сценарії

У третьому сценарії

У четвертому сценарії

У п'ятому сценарії

За шостим сценарієм

У сьомому сценарії

У восьмому сценарії

Багатий фермер і скромна молода жінка

Прощання

Робота в барі

Порада

Робота на фермі

Возз'єднання сім'ї

Наречений заслужений

Подорож

Місяць в місті Ріо-Бранко

Реакція сім'ї Люба

Повернення вгірське село

Спроба колишнього нареченого до примирення

Весільне торжество

Народження першої дитини

Створення першої торгівлі

Відкриття ринку

Процвітання

Сім'я

10-річний період

Реюньйон

Визнання його ролі в суспільстві

Пошук мрії

Дитячі переживання

Ніхто не поважає мою сексуальність.

Велика помилка, яку я зробив у своєму любовному житті

Велике розчарування, яке я мав з колегами

Великі прогнози на моє життя

Святий, який був сином фармацевта

Подорож

Прибуття в семінарію

Візит Богоматері

Урок релігії

Розмова на семінарі

Вхід до конгрегації страстіоністів

Подорож по країні як місіонер

У селі на півдні Італії

Смерть засновника Конгрегації

Призначення на посаду єпископа

Вторгнення Наполеона Бонапарта

Період вигнання

Прощання з місією

Джабалпур - 4 січня 2022 року

Після довгої подорожі

Я тільки що вийшов з літака і був у захваті від достатку корінного регіону. Це був дійсно вражаючий пейзаж. З рельєфом, сформованим між горами, пішоходами, автомобілями та тваринами, які змагаються за космос, Індія була дуже екзотичною країною. Я відчував себе особливо добре в цьому своєрідному і містичному просторі.

Виходячи з літака, я добираюся до аеропорту трохи дезорієнтованим. Я спілкуюся англійською мовою, і один з місцевих співробітників відвозить мене на таксі. Мета полягала в тому, щоб дістатися до готелю, де я вже очікував.

Я сідаю в кабіну; Я вітаю водія і даю вам потрібну адресу. Я зручно сиджу на задньому сидінні, а потім матч дається. Починається моя перша робота в країні. На мить важливі думки бачать мій розум. Що станеться? Чи був я готовий до виклику? Де знайти господаря? На даний момент було багато питань без відповідей.

Місто здалося мені дуже приємним. Зачаровані нею, ми просунулися вузькими вуличками так, ніби часу не було. Здавалося, що шлях просвітлення обходиться без часу і простору. Здавалося, що мої сумніви були більшими, ніж будь-що інше. Але також цікавість і воля до перемоги повністю наповнили мене і зробили людиною, над якою потрібно працювати. Я просто не знав, коли і як це станеться.

Все це приводить мене до великого відображення, яке включає в себе моє власне життя і мою кар'єру. Я сприймав життя як велике духовне випробування. Людина посаджена в соціальному середовищі, виникають труднощі і способи їх вирішення, і це залежить від нас, щоб поділитися. Якщо ми пасивні в житті, ми нічого не пожнемо. Якщо ми будемо активні в наших проектах, у нас буде можливість виграти або провалитися. Якщо ми зазнаємо невдачі, ми можемо скористатися досвідом, набутим у нових ситуаціях. Якщо ми переможемо, ми зможемо придумати нову мрію, щоб ми могли зайняти наш розум. Бо людина така: вона живе в постійних пошуках Бога і себе.

Проходячи цими вулицями, я бачу наслідки бідності та багатства, успадкованих населенням. Ніщо з цього не є космічною гонитвою. Все може бути сформовано за власною волею. І це навіть не питання егоїзму. Це спосіб досягти своїх цілей, тому що ніщо не будується на землі без грошей.

Наявність грошей не дає вам відповідальності за вашу власну еволюцію. Ми завжди повинні виявляти милосердя, щоб відкрити справжнє щастя і зустрітися з Творцем усього.

Таксі, нарешті, прибуває. Я піднімаюся по сходах готелю і відчуваю себе комфортна в квартирі на першому поверсі. Я пакую валізи і відчуваю себе вільно. Після цього я виходжу з квартири і розмовляю з одним з місцевих співробітників. Один з них дуже цікавиться моїм будинком і готовий бути моїм гідом.

Мудра людина

Ти мені дуже сподобався. Ваше ставлення, ваші дії, ваш спосіб буття здаються мені надзвичайно своєрідними. Як вас звати і звідки ви родом?

Побожний

Мене звуть Божественний, син Божий, провидець або Пророк. Я один з найвидатніших бразильських письменників.

Мудра людина

О, це чудово. Я люблю бразильський народ. Мені було цікаво про тебе. Не могли б ви розповісти мені трохи про свою історію?

Побожний

Звичайно, я був би радий. Але це довга історія. Приготуйтеся. Мене звуть Пророк і закінчує ступінь з математики. Дві мої великі пристрасті - література і математика. Я завжди був любителем книг, і з дитинства я намагався писати. Коли я був на першому курсі середньої школи, я зібрав кілька уривків з книг, Мудрості та Прислів'я. Я був неймовірно щасливий, хоча тексти не були моїми. Я показав це всім, з величезною гордістю. Я закінчив середню школу, пройшов комп'ютерний курс і на деякий час припинив навчання. Потім я вступив на технічний курс електротехніки, що належав у той час Федеральному центру технологічної освіти. Однак я зрозумів, що це не моя область для ознаки долі. Я був готовий пройти стажування в цій області. Однак за день до випробування, яке я збирався пройти, дивна сила постійно просила мене здатися. Чим більше часу пройшло, тим більший тиск чиниться цією силою. Поки я не вирішив не здавати тест. Тиск заспокоївся, і моє серце теж. Я думаю, що це був знак долі для мене, щоб не йти. Ми повинні поважати свої власні межі. Я зробив кілька конкурсів; Я був затверджений і в даний час я тренуюся в якості освітнього адміністративного помічника. Три роки тому у мене був ще один знак долі. У мене були деякі проблеми, і в кінцевому підсумку я потрапив у нервовий зрив. Потім я почав писати, і через деякий час це допомогло мені покращитися. Результатом всього цього стала книга: Бачення середовища, яку я не публікував. Все це показало мені, що я вмію писати і маю гідну професію. Після цього я пройшла черговий конкурс, зіткнулася з проблемами на роботі, жила новими пригодами в серіалі провидця і мала велику любов і професійні розчарування. Все це змусило мене вирости тією людиною, якою я є сьогодні.

Мудра людина

Цікавий. Звучить як чудова траєкторія для мене. Мені простіше. Я син монаха, і я дізнався секрети зі своєї релігії з ним. Я також досліджував більше про культуру і виріс як людина. Мої сутності вказували на вас як на когось особливого. Я б дуже хотів познайомитися з вами краще.

Побожний

Ну, ось і все. Мені також цікаво зустрітися з вами. Давайте зробимо цей культурний обмін. Я хочу дізнатися більше про вашу країну і вашу культуру. Ми будемо рости разом до еволюції.

Мудра людина

Тоді йди за мною.

Я відповів на заклик експерта. Ми сіли на таксі і почали ходити по вулицях міста. Дійсно, я насолоджувався всім, що був свідком. Все було так по-новому і так цікаво. Це спонукало мене детально спостерігати за всім, щоб написати свою наступну роботу.

Йдучи по колу, а потім прямо, я йду, дивлячись у вікно автомобіля весь рух по вулицях. Я відчувала себе щасливою, захопленою і сповненою ідей. Я був натхненний, щоб виробляти хороші чари життя для всіх тих, хто супроводжував мене. Все було написано в книзі життя і долі. Цього було достатньо, щоб повірити. Коли ми ходимо пішки, я починаю розмову.

Побожний

Як би ви визначили місто Джабалпур?

Мудра людина

Джабалпур є третім за чисельністю населення містом в районі Індійська держава 37-ю за величиною міською агломерацією в країні. Ми є важливим містом у комерційному, промисловому та туристичному контексті. Ми також є важливим освітнім центром.

Побожний

Яке походження імені Джабалпур?

Мудра людина

Деякі кажуть, що це сталося через мудреця, який метикував на берегах річки Нарада. Інші кажуть, що це було пов'язано з гранітними камеями або великими камеями, які поширені в регіоні.

Побожний

Чудово. Особливо добре. Мені сподобалося дізнатися трохи більше про це місце.

Автомобіль дарує удар і найбільш розслаблені почуття. Все переходило на зустріч культур і традицій. У той час було важливо приділяти пріоритетну увагу знанням і мудрості, які можна було здобути. Після програми вона могла перемогти звільнення внутрішнього Я, енергію, настільки потужну, що могла змусити нас досягти просвітлення. Ніщо не було неможливо перемогти, тому що віра могла творити великі чудеса.

Транспортний засіб рухається з боку в бік, і ми опиняємося розсіяними в наших власних думках. Коли експерт готувався поставити під сумнів себе і розробити стратегію навчання, я подорожував у своїх старих життєвих історіях. Весь попередній творчий процес зміцнив мене таким чином і надихнув на створення світів і концепцій. Потрібно було зануритися в саме ядро Всесвіту, зміцнитися енергетичними сутностями, дослідити контроль над собою було великим викликом.

Так ми потрапили до навчального центру.

Релігійний храм

Автостоянка перед храмом. Ми спустилися вниз, заплатили водієві і почали йти до нього.

Мудра людина

Ми знаходимося в священному місці. Саме тут я навчився бути справжнім ченцем. Тут ми працюємо з хорошими енергетичними рідинами. Потрібна концентрація, щоб пролити світло на нашу енергію. Найбільш підходящим словом є навчання.

Побожний

Дякую, що запросили мене. Ми тут для того, щоб обмінятися енергією. Я впевнений, що це буде дивовижний досвід.

Мудра людина

Абсолютно. Честь буде вся моя.

Перше святилище

Вони заходять у велику будівлю, тримають речі в кімнаті, а потім йдуть на духовне навчання. Настав час зростати і зміцнюватися як духовний учитель. Його джерела тілесного кипіння проклинали жахливі речі в його свідомості, як ніби пробуджуючи внутрішню силу.

За прикметою майстра вони тримаються за руки і намагаються сконцентрувати свою життєву енергію. Ритуал робить їх свідомими і в той же час з неймовірно відкритим розумом.

Мудра людина

Багато хто не знає, який пункт призначення вибрати або в якому напрямку рухатися. Вони є вівцями в пошуках пастуха. Інші не знають, які політичні, політичні, ідеології, сексуальності чи релігії визначені. Зупиніться, подумайте і подумайте. Намагайтеся прислухатися до голосу своєї інтуїції. Спробуйте з'єднатися з божественними енергетичними силами. Коли ми вступаємо у зв'язок з цими енергіями, ми можемо приймати власні рішення. Це незалежно від вашої віри. Кожен вибір дійсний до тих пір, поки він не зашкодить наступному. У світі у нас є два варіанти: вибір шляху темряви, а інший вибір - на шляху добра. Це також відображає наше ставлення і рефлекси. Ми не можемо говорити краще. Всі вони є шляхами навчання і не є остаточними.

Побожний

Саме цим навчальним шляхом я хочу піти. Мені подобається цей спосіб переживання різноманітних і автономних відчутті. Знання є нашою великою зброєю проти ненависті і насильства. Ми повинні мужньо боротися за свої ідеали. Ми повинні зробити один одного щасливими і дозволити собі бути щасливими. Ми всі заслуговуємо щастя на цьому шляху вічного учня. Як я можу досягти такого ступеня духовного звільнення?

Мудра людина

Ми повинні відмовитися від серйозних речей. Ми повинні зробити правильний вибір. Ми повинні вибирати хороше, бути на стороні гей-групи , бути поруч з чорними людьми, жінками і бідними. Ми повинні стояти поруч з виключеними і ділитися з ними тим же хлібом. Ми повинні зробити це для Бога, для себе, для чуда народження, для слави існування, щоб зменшити наш сентиментальний і фізичний біль, щоб мати більше сил, щоб боротися за свої цілі, і писати свою власну історію в гідний спосіб. Коли ми відмовляємося від усього зла, нас називають мудрою людиною.

Побожний

Я вже все це роблю. Я на боці переслідуваних і дискримінованих. У мене є сміливість ідентифікувати себе як аутсайдера. Я відчуваю в собі кожен день страждання забобонів і нетерпимості. Якби я був Богом, я був би Богом бідних і виключених.

Мудра людина

Це чудово, Алдиван. Я ідентифікую себе з вами. У нашому житті є моменти, коли нам потрібна мужність, ідентифікація та рішучість. Ми повинні текти своїм вищим інстинктом і творити чудеса. Ми повинні бути ініціативними і робити набагато більше для інших. Мені шкода, що ви дізналися. Перейдемо до наступної святині.

Вони йдуть рука об руку, щоб енергія текла належним чином і перейшли до другого сценарію.

У другому сценарії

Двоє друзів вже за другим сценарієм. Експерт організовує для ритуалу все середовище: миску, торт, стіл в центрі. Вони використовують склянку, щоб випити лікер і з'їсти торт. При цьому в їх шлунках можна почути дивні голоси. Вибухаючи в плоскостопості, вони створюють дим навколо.

Мудра людина

Світ, в його сьогоднішній день, сповнений забобонів і дискримінації. З одного боку, біла еліта, багата, красива, політична, а з іншого боку, бідні, потворні, смердючі і жінки. Світ, повний правил, влаштований відповідно до побажань еліти. Тільки вона має переваги відчувати себе вищою, коханою і захопленою. У той час як ті, кого дискримінують, переслідуються і ледве можуть дихати або жити мирно. Світ потребує багатьох структурних змін.

Нам потрібна справедлива політика для всіх, нам потрібно більше робочих місць, нам потрібно більше благодійності і доброти, в кінцевому рахунку, ми повинні мати нове суспільство, де всі дійсно рівні в можливостях, правах і обов'язках.

Побожний

Я відчув це в моїй шкірі, мій друг. Син фермерів, з раннього віку я навчився боротися за свої цілі. На цьому шляху я не отримував допомоги ні від кого, крім допомоги моєї матері. Мені довелося сміливо боротися за свої мрії. Коли ми наполегливо працюємо, Бог благословляє. Таким чином я поступово досягав своїх цілей, не завдаючи нікому шкоди. З кожною досягнутою перемогою я відчував виключно хороші відчуття. Це як Всесвіт повертає всю мою доброту. У цьому ми можемо розглянути наступну приказку: хто садить, пожинає!

Мудра людина

Найгірше, мій друже, це коли це упередження перетворюється на ненависть, насильство і смерть. Є банди, які спеціалізуються на вбивстві меншин, і це так пригнічує.

Побожний

Зрозуміти. Здається, люди світу не навчилися від пандемії. Замість того, щоб любити один одного, вони вбивають, ранять і обманюють. Більшість людей втратили свої основні цінності співіснування. Як відновитися перед Богом?

Мудра людина

У зв'язку з цим можна відзначити, що через речі світу, через славу або соціальний статус, через природні життєві цикли, через цикли еволюції і через остаточне визволення багато хто був втрачений у гріхах. Це змушує людину ніколи не розвиватися повністю.

Побожний

Всі ці речі є ефемерними. Ми повинні розвивати мудрість, знання, культуру, доброту і милосердя, серед іншого. Тільки тоді ми матимемо конкретні досягнення на шляху просвітлення.

Мудра людина

Але це наслідок свободи волі. Якщо я вільний, я можу вибирати між добром або злом. Якщо я віддаю перевагу темряві, я також страждаю від наслідків. Я думаю, коли ви не вчитеся в любові, ви вчитеся на болю.

Побожний

Наймудрішим вибором було б навчитися в любові. Для цього ми повинні бути менш вимогливими і діяти більше. Для цього нам потрібно було б відкинути сни і поставити інших на те ж місце. Нам доведеться змінити те, що з нами не так, піти і вибрати близьке до того, хто для нас хороший. Все, що робиться з любов'ю, генерує ще більше позитивної енергії.

Мудра людина

Згоден. Але насправді є підлі люди. Пекельні істоти, які не дають іншим спокою. Я не розумію, як хтось може завдати шкоди своєму ближньому. Тягар важкої совісті уві сні руйнує чийсь спокій. Це живе пекло на землі.

Побожний

Тому ми повинні показати наші гуманітарні приклади. Маючи хороші проекти, ми можемо заохотити інших людей йти тим самим шляхом. Я вважаю, що благодійність повинна бути розділена, так що більше людей відчувають натхнення, щоб допомогти.

Мудра людина

Люди навряд чи допоможуть. Егоїзм поширений у світі. Але для тих, хто чутливий, небо ближче.

Дим низький. Вони руйнують сцену і виходять з психологічний екстазу. Це було великим відображенням. Тепер вони перейдуть до наступного сценарію і житимуть новим досвідом.

У третьому сценарії

Вони йдуть кілька кроків і вже знаходяться в новому сценарії. Вони облаштовують своєрідну хатину і сидять у позі медитації. Потім діалог продовжується.

Мудра людина

Той, хто йде шляхом добра, хто виконує всю роботу на благо людства, який ніколи не робив серйозних помилок, називається благодатним. У цьому ступені еволюції мало духів. У чому їх секрет? Я вірю, що з'єднатися з вищою силою. Керуючись сутностями добра, вони можуть краще зрозуміти свою долю на землі і приносити плоди.

Побожний

Вже в протиріччі з ними, люди, які не мають плодів, є тими, хто пригнічується перед труднощами життя. Вони вважають за краще легкий спосіб, знищити, а не скласти. Тому вони страждають у духовних пекла. Чого від них не вистачало?

Мудра людина

Вам не вистачало віри для них. Зіткнувшись з труднощами, вони вважали за краще хитатися, а не займати інше ставлення. Мені їх шкода. Але вони будуть пожинати те, що вони посадили.

Побожний

Як ми можемо завоювати світ?

Мудра людина

Наполегливість у вірі і боротьба за свої цілі. Прокладаючи шлях добра, вони зможуть взяти широке уявлення про те, яким є світ, і зробити найкращий вибір. Все, що вам потрібно зробити, це повірити в себе.

Побожний

У чому секрет успіху?

Мудра людина

Бути автентичним. Людина ніколи не повинна відмовлятися визнавати своє походження. Треба йти галасливими кроками щастя, повинен наполегливо працювати, щоб зібрати урожай пізніше. Завжди пам'ятайте, що Божий час відрізняється від нашого.

Побожний

Що ви думаєте про людей, які прикидаються?

Мудра людина

Це велика людська провина. Багато хто робить це, щоб захистити себе, оскільки вони багато постраждали у своєму житті. Таке ставлення стало наслідком соціального середовища, в яке воно було вставлена. Це позбавляє вас важливого соціального досвіду.

Побожний

Які наслідки цього?

Мудра людина

Вони руйнують своє власне життя через відсутність припущень, хто вони насправді. Коли ми припускаємо, хто ми є, ми вже маємо свого роду щастя. Навіть якщо світ суперечить нашим правилам, ми можемо бути щасливими на індивідуальному рівні. Немає нічого поганого в тому, щоб мати свої правила.

Побожний

Ось чому ми маємо приказку: моє життя, мої правила. Ми не повинні дозволяти суспільству втручатися в нашу індивідуальну свободу. Ми повинні мати свободу слова і вчинків, поки це не зашкодить нашому сусідові.

Сесія закінчилася. Ритуал скасований, і вони відчувають себе більш повними. Були вже чудові досягнення, але вони хотіли досягти більшого прогресу. Мета полягала в тому, щоб поділитися ідеями.

У четвертому сценарії

Горить вогонь. Вони роблять коло світла навколо вогню і починають танцювати. Накопичена енергія двох викликає вибухи і вони переходять в транс.

Мудра людина

Вогонь є первинним елементом нашого життя. Це складовий елемент душі, тіла і природної магії. Саме через нього ми можемо маніпулювати ситуаціями і долями. Вогонь очищає і облагороджує воїнів.

Побожний

Але це також те, що шкодить і руйнує. Ми повинні бути обережними в його маніпуляціях, щоб не постраждали. Ми повинні об'єднатися з силою вогню, щоб побудувати корисні ситуації. Отже, ми повинні робити те ж саме в випробуваннях життя. Ми повинні менше боротися і більше об'єднуватися. Ми повинні прощати і рухатися далі. Ми повинні подолати і поглинути хороші речі. Все це того варте, коли душа не зменшується.

Мудра людина

Ми повинні спрямувати силу вогню. Для цього ми повинні психічна вібрація їх дії в кожній з ризикових ситуацій. Об'єднавшись з нашою доброю волею, ми можемо розкрити наш внутрішній дар і змінити нашу долю. Ми можемо і повинні діяти в будь-якій ситуації нашого життя, ми повинні бути головними героями нашої власної історії.

Побожний

Істина. Цей канал покаже нам, хто ми і чого ми хочемо. Точно знаючи, чого ми хочемо, ми можемо скласти переконливі і тривалі стратегії. Коли є гарне планування, шанси на невдачу значно зменшуються.

Мудра людина

Більш того, ті, хто контролює силу вогню, відганяють невігластво. Бо той, хто є фахівцем у вогні, має контроль над собою, працьовитий у своїх цілях, вони виконують свої обов'язки і обов'язки. Той, хто еволюціонує таким чином, щоб зневажати дефекти і хвалити їх якості, називається мучите.

Побожний

Таке невігластво є великою проблемою. Багато хто захоплюється ним і руйнує будинки і ситуації. Нам потрібно подолати розбіжності, організувати свою рутину таким чином, щоб ми могли відчути нашу стратегію перемоги і пожинати плоди нашої плантації. Якщо плід добрий, то це подобається Богові.

Мудра людина

Це підводить нас до сенсу життя. Існування - це клубок ситуацій, що сприяють досягненню. Ми повинні організувати всю нашу стратегію, щоб ми могли встановити зв'язки з іншими живими істотами, щоб розвивати нашу мудрість, нашу свідомість, нашу віру, нашу власну свободу і життєву енергію. Ми повинні бути в світі, щоб жити добре і все частіше.

Побожний

Звідси і дія нашої свободи волі. У нас може бути корисне майбутнє, але ми не завжди готові пожертвувати собою заради нього. Це включає в себе доставку, дарування, роздуми, гармонію, розумову вібрацію, вдачу і аргументацію. Необхідно пробудити наше чудове почуття і разом з ним трансформувати відносини. Необхідно, перш за все, бути фортом.

Незручна тиша висить між ними, і ритуал скасовується. Великі істини виходять на перший план у цих коротких важливих досвідах. Більше, ніж жити, ви повинні експериментувати і розвиватися. Для цього вони залишають сайт і переходять до наступного сценарію.

У п'ятому сценарії

Вони привели в порядок середовище п'ятого сценарію. На них розміщують статуетки святих, добре продумані і квіткові штори, пахощі з рідкісними парфумами і священний кинджал. За допомогою кинджала вони ризикують на землі і дим піднімається. Вони переходять у духовний екстаз.

Мудра людина

Що ви скажете про багатство? Я вважаю, що цей пошук грошей дуже швидкоплинний. Люди знищують інших, використовують погану натуру, щоб нашкодити іншим, злі вчинки не виправдовуються цілями. Ми повинні розривати цей ланцюжок важливості грошей, ми повинні цінувати те, що дійсно важливо:

благодійність, повагу, любов, дружбу, толерантність серед інших важливих речей.

Побожний

Гроші важливі, але це зовсім не все. У нас можуть бути гроші і благодійні справи. Те, що визначає людину, не є її купівельною спроможністю. Люди визначаються своїм ставленням і роботою. Це те, що залишається вічною спадщиною.

Мудра людина

Згоден. Щоб відчути смаки світу, нам потрібні гроші. Майже для всього нам потрібна ця матеріальна підтримка. Це пояснює цей божевільний пошук грошей. Але це не повинно бути єдиною важливою річчю. Ми повинні мати новий погляд на життя.

Побожний

Заробляти гроші не означає нечесність. Є дійсно успішні люди. Це не повинно бути параметром для наших суджень. Але ми повинні стояти і позиціонувати себе в необхідних речах в житті. Ми завжди повинні бути ефективними в житті інших. Ми повинні позбутися від нечистих речей, щоб бути щасливими.

Мудра людина

Що стосується питання пожертвування, то я аналізую, що пожертвування важливіше, ніж отримання. Пожертвування провокує в нашому розумі відчуття, необхідні для еволюції нашого духу. І той, хто отримає пожертву, має свої потреби. Це гарне подвійне відчуття.

Побожний

Єдина проблема - фальшиві жебраки. Багато з них на пенсії і продовжують просити милостиню. Я бачив повідомлення про багатьох з них, які кажуть, що не хочуть працювати, тому що вони заробляють більше на подачках. Це називається шахрайською торгівлею або шахрайством.

Мудра людина

Це відбувається дуже багато. Ми повинні бути неймовірно обережними з цього приводу. Вовки в овечій шкурі. Ми повинні бути обережними, щоб не бути обманутими.

Побожний

Щоб ті, хто отримує чесні пожертви, не зберігали їх. Насолоджуватися їжею або предметами відповідно до їх здатності. Якщо їм платять занадто багато, вони також це роблять. Світ потребує цього союзу солідарності.

Мудра людина

Нехай Бог завжди благословляє нас. Нехай Бог тримає нас у багатстві чи бідності, Бог тримає нас у бурях життя, не дай Бог хвороби та заразну чуму. У будь-якому випадку, не дай Бог все зло.

Побожний

Як ми повинні насолоджуватися задоволеннями життя?

Мудра людина

Ми повинні насолоджуватися принадами життя в його найвищому вираженні. Ми не можемо ні від чого відмовитися, тому що не знаємо завтрашнього дня. Ті, хто відмовляється скористатися задоволеннями життя, щиро каються. Ми також повинні дослідити таємниці існування. Ми повинні використовувати наші духовні дари і приносити плоди. Тільки тоді у нас буде повноцінне життя.

Побожний

Так, буддійський цикл дає нам це. Вона звільняє нас від невидимих течій, які пов'язують нас з низькими вібраціями. Знаючи, як контролювати свій життєвий цикл, ми можемо робити дивовижні духовні досягнення.

Мудра людина

Правда, це альтернативні цикли. Насолоджуючись задоволенням і відмовляючись від світських речей, ми можемо розвивати цей цикл. Це створює клубок речей, які разом з вірою створюють несподівані ситуації. Це хороша думка мудрих.

Вони виходять з трансу, виходять зі знімального майданчика і йдуть в наступний відділ. Навчання змушувало їх зростати все частіше.

За шостим сценарієм

Ритуальна церемонія готується з пивом, картиною епохи Відродження і брудною нижньою білизною. Освітлюючи навколо них світиться світло, вони роблять швидкий пахощі, щоб мати можливість піти в транс. На їхню думку, вони візуалізують минуле, минуле і майбутнє як швидких птахів. Тим часом вони розмовляють один з одним.

Мудра людина

У світі є живі і неживі. Але всі вони є важливими компонентами у формуванні Всесвіту. Кожен зі своєю функцією, ми агенти історії з плином часу. Цю історію зараз пише кожен з нас. Це може бути сумна історія або красива історія. Важливим є активний внесок кожного з нас у Всесвіт.

Побожний

Я відчуваю себе невід'ємною частиною цього в унікальний спосіб. Названий сином Божим за сутностями, я зміг зрозуміти найтемніші таємниці Всесвіту. Завдяки неприємним і болісним переживанням я зміг еволюціонувати духовно і стати знавцем мудрості. Я виріс власними зусиллями. Я розвивав свій талант так, як Біблія радить. Я не ховався від світу. Я прийняв свою ідентичність і зіткнувся з протиборчими силами. Це люди, які засуджують мене до пекла за підтримку дискримінованих суспільством, покинутих людей, яким потрібно, щоб я мав деяку надію на представництво. Я голос виключених. Я їхній Бог. Усвідомлення цієї ролі в суспільстві є фундаментальним для моєї письменницької кар'єри. Зрозумівши це, все це мало для мене більше сенсу. Ми не самотні у світі. Ми сильні і можемо мати своє місце в світі, навіть якщо релігійний фанатизм засуджує нас.

Мудра людина

Як ви сказали, ми не самотні. Об'єднані, ми можемо мати сили реагувати проти опонентів. Ми не хочемо війни ні за яких обставин. Ми хочемо діалогу і прийняття. Ми хочемо, щоб наші права були дотримані, тому що ми маємо на це право. Більше ніяких вбивств і переслідувань. Нам потрібен мир у цьому світі, де панує вірус. І знаєте, чому вірус потрапив у світ? Через людський гріх. Ми всі в гріху. Просто тому, що ви є послідовником релігії, не означає, що у вас немає гріха. Ніколи не судіть про наступне. Спочатку подивіться на свої недоліки і подивіться, наскільки ви недосконалі.

Побожний

З цим ми прийшли до циклу буддистів. Ваша еволюція відбудеться тільки тоді, коли у вашому серці з'являться толерантність і любов. Ми повинні ставити себе на місце один одного, прощати, а не судити. Ми повинні зупинити релігійний фанатизм. Ми повинні слідувати за Богом, а не за релігіями. Це дві абсолютно різні речі.

Мудра людина

Істина. Він використовує як аргумент релігій, що багато хто скоюють зло. Саме в ім'я грошей багато хто втрачає своє спасіння. Це невидимі війни, які кожна з них вплутає в себе.

Побожний

Ось чому ми завжди повинні мати хороші етичні цінності у всіх випадках життя. Ми не повинні вбивати тварин для спорту або релігійних ритуалів. Ми повинні зберегти життя в достатку.

Мудра людина

Це грішні практики. Людина поводиться як володар Всесвіту, але насправді це маленька точка існування. Навіть наша планета, яка є гігантською для нас, є маленькою точкою у Всесвіті. Отже, давайте будемо менш гордими і простішими.

Ритуал закінчився. Кожен збирає свої особисті речі і буде відпочивати. Це буде перший нічний сон в такий напружений день. Однак попереду ще довга подорож.

У сьомому сценарії

Світанки. Банда встає, чистить зуби, приймає ванну і снідає. Після цього вони готові відновити духовне навчання. Це був прекрасний шлях, зроблений з зустрічей і відкритті. Шлях чесності, відданості і радості.

Це була велика пригода маленького мрійника, того, хто завжди вірив у себе. Навіть перед обличчям великих труднощів, нав'язаних життям, він ніколи не думав про відмову від свого мистецтва. Він завжди мріяв про своє літературне визнання і з кожним днем наближався. Він був просто щасливий за всі досягнуті благодаті.

Пара познайомилася за сьомим сценарієм. Вони металізуються, щоб потрапити в транс, і коли вони це роблять, вони починають лепетати.

Мудра людина

Наш чудовий посібник – це знання. За допомогою цього ми можемо по-справжньому перемогти наші речі і отримати більшу свободу. Знання змінюють наше життя і супроводжують нас протягом усього життя. Ми можемо втратити роботу, ми можемо втратити нашу велику романтичну любов, ми можемо втратити наші гроші. Однак наші знання ведуть нас до перемоги і визнання.

Побожний

Ось чому я перебуваю на цьому шляху пригод. Це приємний шлях, який веде мене до вивчення кількох речей. Я відчуваю, що я виростаю кожну мить з кожною перешкодою подолати. Сьогодні я дійсно щаслива і сповнена людина.

Мудра людина

Це справжній шлях еволюції, яким ми повинні йти. Щоб досягти вищої еволюції, ми повинні позбутися будь-якого негативного почуття, яке населяє наш розум. Ми повинні допомагати іншим, не чекаючи відплати. Саме роблячи щоденний акт, ми можемо підключитися до більшої сили Всесвіту. Таким чином, наше життя матиме більше сенсу і стане повним.

Побожний

Істина. Те, що руйнує людину, є приводом. Він хоче бути тим, ким ти не є, щоб грати хорошу роль у суспільстві. Ці люди живуть щоденним характером, але вони не щасливі. Коли ми не живемо своєю автентичністю, ми втрачаємо частину себе.

Мудра людина

Але багато хто цього не бачить. Вони вважають за краще жити цією казкою і мають таке почуття прийняття. Я навіть розумію їхню точку зору. Ми живемо в лицемірному і гомофонному суспільстві. Ми живемо в суспільстві, яке вбиває через упередження. Чому я повинен ризикувати власним життям? Чи не було б краще, якби я жила подвійним життям і була щасливою? Я дійсно не прощаю цих людей.

Побожний

Це плід релігійної войовничості. Ці секти ставлять нас в правила, яким вони навіть не дотримуються. Це те, що руйнує наше щастя. Але я порушив цю парадигму. Я вирішив бути вільним і створювати свої власні правила. Отже, я відчуваю себе абсолютно щасливим.

Ви обидва в захваті. Це були десятиліття страждань і релігійного відчуження. У кожного там була своя історія. Нічого легкого не було. Тільки поступово вони виявили справжнє задоволення від життя. Це було фантастичне досягнення.

Через мить вони закінчують ритуал і прямують до наступного сценарію. Було багато чого спробувати.

У восьмому сценарії

У новому сценарії вони повністю розслаблені. Омолоджені новим досвідом, вони прагнули зрозуміти трохи більше Всесвіту і самих себе. Цей процес пізнання був фундаментальним для розробки нових стратегій.

Починається новий ритуал. Вони роблять чарівний квадрат і ставлять себе в центрі його.

Мудра людина

з питання наших зусиль і нашої роботи. Щоб мати можливість виділитися, ми повинні приділяти пріоритетну увагу якості нашої роботи. Добре виконана робота починає компліменти. Робота з такими цінностями, як чесність, гідність, благодійність і толерантність, широко хвалять. Тому ми повинні зробити цю різницю у світі.

Побожний

Згоден. Давайте подивимося на мій приклад. Я молодий працівник, у мене є своя художня сторона, я благодійний, я підтримую сім'ю, я борюся за свої мрії. Але з іншого боку, інші люди егоїстичні, дріб'язкові і не допомагають один одному. Ось чому світ не розвивається. Нам потрібно більше дій і менше обіцянок.

Мудра людина

Ви є прикладом. Навіть з усіма обов'язками, які у вас є, ви ніколи не відмовлялися від своїх мрій. Ви дуже людська людина, яка повинна бути зразком для інших. Ми повинні це практикувати. Мати відчуженість від матеріальних речей, мати більше радощів у простих речах, просити менше і діяти більше. Бути експертом у вашій історії має важливе значення для побудови власної ідентичності.

Побожний

Це зводиться до того, щоб бути менш матеріалістичним і більш практичним. Ми повинні мати інше ставлення до життя. Цінуйте те, що дійсно має значення.

Мудра людина

Але потім постає питання про свободу волі. Люди не є роботами. Вони мають право вибирати шлях, який найкраще підходить для них. Ми не можемо створити правила ні для кого. Тому я думаю, що світ буде продовжувати свої біди. Легше вибрати зло, ніж добро.

Побожний

Абсолютно. Наша роль полягає тільки в керівництві. Ніхто не зобов'язаний нічого робити. Ця свобода веде нас до нірвани. Ця свобода є нашим власним брендом. Ми завжди повинні це цінувати.

Мудра людина

Істина. Ми повинні будувати ці моменти в житті. Ми повинні спілкуватися з іншими людьми, ділитися досвідом, поглинати нові речі і виключати старі речі, які більше ні до чого не складаються в нашому житті. Це принцип регенерації життя.

Побожний

Завдяки такій регенерації ми здатні до більш високих польотів. Ми можемо просто пробачити себе, рухатися далі і будувати нові ситуації. Ми можемо змінити свою думку і побачити інших з різних точок зору. Ми можемо більше вірити в людство в ці важкі часи. Ми можемо ще раз спробувати бути щасливими.

Розмова перервана. У повітрі з'являється невелике відчуття дивацтва. Їх розум крутиться, як незбалансовані птахи. Існує велика різноманітність почуттів, відчутті, радості, омолодження, слави, гармонії, задоволення і самотності. Ми повинні були бути уважні до ознак, які дає нам життя. Ви повинні були вірити в свої здібності в надії змінити світ. Це зайняло набагато більше, ніж вони очікували. І так, ритуал закінчується тим, що вони вирішують закінчити роботу. Вони знали правильний час, щоб здатися.

Багатий фермер і скромна молода жінка
Прощання

Гірське село, 2 січня 1953 року

Люба була скромною молодою жінкою у віці близько вісімнадцяти років. Вона була найкрасивішою і бажаною дівчиною в регіоні. Я був заручений з Пітером, твоєю великою любов'ю. Тільки фінансове становище вашої родини не було хорошим. Це був період великої посухи, і всі страждали без державних інвестицій. Мільйонів людей боролися за виживання і не мали їжі і води.

Саме тоді відбулася зустріч з сім'єю нареченої для вирішення конкретних проблем. Люба, Онофре (батько Люба), Магдалина (мати Люба) і Пітер (наречений Люба) були на зустрічі.

Onofre

Чому ви організували цю зустріч? Ви щось плануєте?

Петро

Я хочу повідомити про рішення. Я отримав роботу в Сан-Паулу, і мені доведеться змінитися. Коли я повернуся, я збираюся організувати весілля.

Onofre

ГАРАЗД. Поки ти поважаєш мою дочку. Ми знаємо, що відстань стає на шляху життя пари.

Петро

Зрозуміти. Зі свого боку, я буду тримати угоду. Я збираюся працювати, щоб отримати гроші, щоб одружитися. Хіба це не чудово, моя любов?

Троянда

Це буде чудово. Нам це потрібно. Погана частина в тому, що я буду так сумувати за тобою. Я тебе дуже люблю, свою любов. Наші почуття правдиві. Ми не можемо пропустити це, добре?

Петро

Обіцяю, що не забуду її. Я листуюся листом, добре?

Троянда

Я буду з нетерпінням чекати цього.

Магдалина

Удачі вам обом. Але чи спрацює це?

Петро

Повірите мені в цьому. Постараюся повернутися якомога швидше. Залишайтеся в мирі і з Богом.

Вони обіймаються. Це був останній фізичний контакт перед поїздкою. Багато думок проходить через розум цієї людини-воїна. Він намагається заспокоїтися в умовах невизначеності. Але він був повністю сповнений рішучості виїхати і спробувати свою удачу. Після того, як ви попрощаєтеся, хлопчик сідає в автобус. Його призначенням був південний схід країни, який мав кращу економічну ситуацію.

Робота в барі

Це була вечірка в барі в районі Гірське село. Вони святкували весілля одного з найважливіших чоловіків у селі. Щоб заробити трохи грошей, Люба працювала офіціанткою.

Саме тоді її покликав чернівчанин.

Гарсія

Будь ласка, міс, принеси мені ще трохи пива і барбекю.

Троянда

Гаразд,. Я тут, щоб служити вам.

Гарсія

Дякую. Але що змушує таку прекрасну молоду жінку працювати так?

Троянда

Мені потрібно працювати, щоб допомогти батькам. Мій наречений поїхав до Сан-Паулу, і я був один.

Гарсія

Він великий дурень. Ти залишив даму в спокої? Слухай, ти хотів би відвести мене на мою ферму? Мені дуже сумно на цій фермі. Мені немає з ким поговорити.

Троянда

Я не можу цього зробити. У мене зустріч з нареченим. Якби я це зробив, я б зруйнував свою репутацію перед суспільством.

Гарсія

Зрозуміти. Я не збираюся брехати вам. Я одружений, але мої дружини в столиці. Мій шлюб з нею не йде добре. Клянусь богами, якщо ти приймеш мене, я покину тебе і одружуся з тобою. Я серйозно ставлюся.

Троянда

, у мене є принципи. Я почесна жінка. Просто залиш мене в спокої, добре?

Гарсія

Я розумію. Але оскільки вам потрібна робота, я запрошую вас прибрати на фермі моєї ферми. Гроші вам допоможуть, чи не так?

Троянда

Це правда. Я приймаю вашу пропозицію. Тепер я повинен побачити іншого клієнта.

Гарсія

Ти можеш піти з миром, люба.

Люба йде, і фермер продовжує спостерігати за ним. Це була любов з першого погляду так, як він не очікував. Навіть якщо б це суперечило світським умовам того часу, він робив би все, щоб виконати своє бажання. Я б використав вашу фінансову міць на вашу користь.

Порада

Після того, як фермер пішов, колега дзвонить Люба поговорити. Здається, ця людина помітила ситуацію.

Катя

Який гарний фермер, чи не так, жінка? Гей, що сталося? Ви збираєтеся дати йому шанс?

Троянда

Ти збожеволів, жінко? Хіба ви не знаєте, що у мене є зустріч?

Катя

Припиніть обманювати. Ця людина надзвичайно багата і могутня. Якщо ви одружитеся з ним, ви ніколи не дізнаєтеся, що таке страждання знову. Вам більше не доведеться працювати в цьому барі. Подумайте про це. Це ваш єдиний шанс змінити своє життя.

Троянда

Я люблю свого нареченого. Як я можу зрадити вас таким чином?

Катя

Любов не вбиває ваш голод. Подумайте, перш за все, про себе, про свою фінансову безпеку. З часом ви навчитеся подобатися фермеру. І найкраще, що у вас буде життя фінансової безпеки. Якби я був на вашому місці, я б не подумав двічі і не прийняв би цю пропозицію.

Люба була вдумливою. По-друге, ваш колега не був повністю неправий. Яке майбутнє у вас буде поруч з бідною людиною? І найгірше те, що він був занадто далеко. З іншого боку, його батьки були заплутано пов'язані з соціальними правилами. Було б нелегко взяти на себе таку любов.

Троянда

Дякую за пораду. Я подумаю про все, що ви сказали.

Катя

Гаразд, мій друже. У вас є моя повна підтримка.

Вони обидва повернулися на роботу. Це був напружений день, повний клієнтів. Зрештою, Люба прощається і повертається додому. Вона думає про все, що з нею сталося.

Сімейна вечеря

Робота на фермі

Люба прибуває перед великим фермерським будинком. Це була вражаюча будівля, довга і широка великої довжини. У цей момент страждання наповнює ваше буття. Що станеться? Які наміри матиме ваш начальник? Чи справді він був би хорошою людиною? Його розум кишів думками без відповіді. Збираючи мужність, вона просувається до дверей, дзвонить у дзвін і сподівається отримати відповідь.

Очищувач будинку

Що ти хочеш, мем?

Троянда

Я прийшов, щоб зробити роботу для власника будинку. Чи можу я зайти?

Очищувач будинку

Звичайно, я роблю. Я піду з нею.

Вони обидва заходять в будинок і йдуть в головну кімнату. У ньому вже чекав багатий фермер.

Гарсія

Яка ж радість бачити нашу любу Трояндy! Я з нетерпінням чекав. Як ти, мій коханий?

Троянда

Я прийшов на роботу. У мене все гаразд. Дякуємо за турботу.

Гарсія

Катя, вирушайте за покупками по місту і проводьте там багато часу. Просто повертайтеся сьогодні ввечері.

Катя

Я йду, босе. Ваші замовлення завжди виконуються.

Люба взяла віник і тканину, щоб очистити будинок. Він почав робити шалені рухи в своїй праці. Але незабаром фермер підійшов. Він взяв своє робоче начиння і зберіг його. Люба здригнулася, але вона також прагнула цього моменту. М'яко, її бос взяв її на коліна і взяв її в свою кімнату. Почався ритуал любові, і він був готовий прийняти її невинність. Люба забуває все і дарує собі цю пристрасть. Вони потрапляють в якийсь гіпнотичний транс. Єдине, що його цікавило, це задоволення.

Це був день зв'язку між ними і великої любові. Всі попередні концепції впали. Вони не боялися. Вони були в непереборній пристрасті.

Гарсія

Я хочу мати змістовні стосунки з вами. Я готовий піти від дружини. Сьогодні ми з нею просто друзі. Повірите, ви мені дуже сподобалися.

Троянда

Зізнаюся, мене приваблює і вас. Я дійсно хочу взятися за ці відносини. Але як ми це зробимо? Моя сім'я не схвалить.

Гарсія

Ти можеш залишити це мені. Я подбаю про всі фальсифікації. Припиніть стосунки зі своїм нареченим, і я подбаю про решту.

Троянда

Все гаразд. Я дуже любив наш день. Я повинен піти зараз, щоб інші люди не ставали підозрілими.

Гарсія

Ідіть з миром, моя любов. Скоро побачимося. Мені теж потрібно працювати зараз.

Дві частини з консолідованими відносинами. Те, що здавалося неможливим, збулося. Перейдемо до розповіді.

Возз'єднання сім'ї

Фермер дійсно мав намір у відносинах з Люба. Для того, щоб закріпити відносини, він запропонував зустріч з сім'єю, щоб обговорити конкретні питання.

Гарсія

Я тут на цій зустрічі з метою оголосити про свої стосунки з Люба. Я хочу вашого дозволу на досягнення цієї мети.

Onofre

Ви одружений хлопець. В очах суспільства не радує, що почесна дочка займається з одруженим чоловіком.

Троянда

Але ми любимо один одного, тату. Я вже закінчив заручини, і він фактично розлучений зі своєю дружиною. Що ще ви хочете?

Onofre

Я хочу, щоб ви створили сором. Я хочу, щоб ви поводилися як жінка поваги. Ви заслуговуєте набагато більшого, дитинко. Ви неймовірно цінна молода жінка.

Троянда

Я чудова жінка. Але я закоханий у чудову людину. Я дійсно люблю його. Що ти кажеш, мамо?

Магдалина

Вибачте, моя дитино. Але я згоден зі своїм чоловіком. Ви повинні зберегти свою репутацію. Заблудьте про цю людину і знайдіть одну людину.

Троянда

Мені сумно мати таких традиційних батьків. Я не приймаю.

Гарсія

Я зрозумів вашу точку зору. Але я думаю, що вони помиляються. Я все ще покажу вам свою цінність. Це ще не кінець. Я вірю в наше щастя, свою любов.

Троянда

Я теж у це вірю. Я все ще збираюся переконати вас, що ви помиляєтеся.

Onofre

Я незменшуваний. Ти можеш піти, хлопче. У вас вже є відповідь.

Руслан залишає явно незадоволених. Його спроба примирення провалилася. Невдача дійсно зрушила його з місця. Але це було щось, щоб відобразити і спланувати нову стратегію. Поки було життя, була надія.

Наречений заслужений

Ситуація з хлопцем була жахливою. Їм заборонено зустрічатися, вони занадто сильно страждали від нерозуміння сім'ї. Це були темні і сумні дні. Чому ми повинні дотримуватися таких старомодних правил відносин? Чому ми не можемо бути вільними і виконувати свої бажання? Це була думка про двох навіть перед обличчям такої кількості перешкод.

Він думав так, що фермер вирішив діяти. Він написав листа, багато плакав і найняв поштового перевізника. Працівник пішов виконувати роботу. Незабаром я опинився перед будинком Люба. Він плескає і чекає, коли його розглянуть. У будинку з'являється людина.

Поштовий працівник

Привіт, молодий чоловік. Ти Роза? У мене є пошта для вас.

Троянда

Так. Дуже тобі дякую.

Взявши лист, молода жінка повернулася в будинок, де зачинилася в кімнаті. Зі сльозами на очах вона починає читати текст.

Гірське село, 5 грудня 1953

Привіт, Люба. Я пишу, щоб висловити своє обурення вашій родині, що вони заборонили наші стосунки. Мені неймовірно сумно з цього приводу, я тебе дуже люблю. Я хотів створити з тобою сім'ю. Я хотів вивести вас з ваших фінансових страждань.

Я не думаю, що життя було справедливим для нас. Цікаво, чи буде інший вихід для нас. Чи хотіли б ви дати нашій любові другий шанс? Чи вистачить у вас сміливості припускати це? Тому що, якщо ви хочете, клянусь вам, я збираюся втекти від вас в місце, поки все не стане краще. Але ви повинні проаналізувати його холодно і знати, що найважливіше. Якщо ваша відповідь «так», ви можете приїхати сюди на ферму, і все готово до нашої поїздки. Я чекаю на вас сьогодні.

З любов'ю, Руслан Гарсія

Роза залишається статичною. Яка неймовірна і смілива пропозиція. У цей момент через ваш розум проходить вихор емоцій. У неї достатньо часу, щоб подумати і прийняти остаточне рішення. Його батьки пішли на роботу і скористалися можливістю написати листа з поясненням свого рішення. Потім він зібрав свої сумки з предметами першої необхідності і пішов. Це як приказка: "Ми вільні".

Люба орендує багів на виході з дому і тремтить від тривоги. Я відчував багато емоцій одночасно. Це було непросте рішення. Вона відмовилася від консолідованих сімейних відносин, щоб ризикнути вступити в люблячі стосунки. Що змусило б її вирішити це? Це достеменно невідомо. Але фінансовий фактор, пов'язаний з великою освіченою людиною, що цей фермер, ймовірно, був вагомою причиною для неї, щоб почати цю зухвалу пригоду. Чи варто було б? Тільки час дасть відповіді на це питання. На даний момент вона просто хотіла скористатися цією свободою, щоб спробувати бути щасливою.

У міру просування транспортного засобу вона вже може спробувати витирати сльози. Вона повинна бути надзвичайно сильною, щоб нести наслідки цього вибору. Серед цих наслідків була критика суспільства і переслідування сім'ї. Але хто сказав, що вона піклується? Якщо ми думаємо про думку інших, ми ніколи не матимемо автономії керувати власним життям. Ми ніколи не напишемо свою історію в страху. Саме так його дуже заспокоїла певна особиста безпека.

Це там приїжджає на ферму, вона платить водієві і виходить з транспортного засобу. Почувши шум на вулиці, її партнер приходить назустріч їй. Це було дійсно все готово. Вони сіли в інший автомобіль і почали подорож. На шляху до щастя, дасть Бог.

Подорож

Починається подорож по грантовій дорозі, яка з'єднує Гірське село з містом Ріо-Бранку. Погода тепла, дорога безлюдна, і вони на великій швидкості. Назад, всі сім'я, друзі і пам'ять. Надалі відносини двох візуалізують ся до тих пір, поки не будуть заборонені суспільством.

Гарсія

Як ти себе почуваєш, мій коханий? Вам щось потрібно?

Троянда

Я відчуваю себе добре. Бути тут з тобою мене втішає. Я вже не дитина, щоб відчувати стільки каяття. Раптом, послідовність зображень проходить через мій розум. Бути тут означає боротися з нетерпимістю – значить боротися за свою свободу і радість життя.

Гарсія

Зрозуміти. Я щасливий бути частиною цих змін. Ми будемо в Ріо-Бранку протягом місяця. Після цього ми повернулися на ферму. Вони будуть змушені нас прийняти.

Троянда

Надія. Сподіваюся, ваша стратегія спрацює. Нам потрібно було отримати таку можливість. А як щодо вашої іншої сім'ї?

Гарсія

Я вже перебуваю в процесі розлуки. Половину свого маєтку я поділю зі своєю старою дружиною. Але я не зобов'язаний залишатися з нею одруженим. Це були роки радості і відданості нашому подружжу, але я відчувала, що повинна припинити наші страждання. Ми витягли з цього багато людей.

Троянда

Це змушує мене відчувати себе менш винним. Я не хочу бути домашнім руйнівником. Я просто хочу знайти своє місце в світі, і якщо це означає бути на вашому боці, якщо це моє щастя, я приймаю, що Всесвіт забезпечив мене. Але ні в якому разі я не хотів нікого знищувати.

Гарсія

Не хвилюйтеся, я повернуся. Я той, хто відокремився від неї від неї з власної волі. Ніхто не може нас судити. З тих пір, як я зустрів вас, я був зачарований вами. Звідти моєю метою були ви. Я б не доклав жодних зусиль для цього. Як би всі не були проти наших відносин, ніхто не може їх зупинити. Це було написано в наших долях цієї зустрічі, maktub!

Троянда

Я вдячний Всесвіту за це. Я хочу дістатися до Ріо-Бранку найближчим часом. Я хочу познайомитися з тобою ближче. Ніхто з інших для мене не має значення. Тільки ми вдвох у Всесвіті, дві істоти, які доповнюють один одного і люблять один одного. Нашої любові достатньо, щоб досягти нірвани. Ця магія любові, яка нас оточує, несе за це відповідальність.

Гарсія

Так і буде, люба. Я тебе дуже люблю.

Вони продовжують рухатися поодинці по цій запорошеній дорозі. Що доля приготувала для вас обох? Ніхто з них не знав. Вони тільки віддали себе могутній енергії, яка вела їх через темряву. Жодне зло не буде боятися, тому що любов була найсильнішою силою. Все це було б варто тільки для того, щоб один хотів іншого. Вони повинні були насолоджуватися життям найкращим чином і не були б правилами, продиктованим суспільством, які не дозволяли б їм задовольняти свої істини. У них були свої правила, і їхня індивідуальна свобода була більшою за все.

Усвідомлюючи це, вони просуваються по тих чудових дорогах в інтер'єрі Пернамбуко. Там були каменів, шипи, культурні елементи, сільська людина, фауна, флора і великий пил. Цей сценарій був одним з найсправедливіших у світі. Майбутнє чекало їх з розпростертими обіймами.

Місяць в місті Ріо-Бранко

Шлюбна ніч пари почалася на фермі, розташованій навколо міста Ріо-Бранку. Це був очікуваний момент близькості пари. Вони віддали себе любові повністю, в танці тіл і умів. Під час статевого акту вони пішли в транс і подорожували по світах, які ніколи раніше не бачили. Це магія любові, здатна подолати межі уяви.

Після статевого акту це момент спокою і екстазу.

Троянда

Це було найкраще, що коли-небудь траплялося в моєму житті. Я ніколи не думав, що втрата цноти - це така фантастична річ. Тепер я бачу, що мені було нерозумно витрачати так багато часу на очікування цього.

Гарсія

Так, люба. Я теж довго цього чекав. Я бачу, що мав рацію. Ви найцікавіша жінка, яку я коли-небудь зустрічав. Я хочу тебе на все життя.

Троянда

Чи будемо у нас наші діти?

Гарсія

Я хочу мати багато дітей з вами і супроводжувати вас через вашу кар'єру. Я обіцяю вам, що ми будемо щасливі, хоча ми будемо щасливі, навіть якщо ми збираємося боротися з усіма.

Троянда

Ви мене дуже заспокоюєте. Я готовий взяти на себе це зобов'язання. Поступово я входжу в ритм ситуації.

Гарсія

Дуже вам дякую. Я відчуваю себе неймовірно щасливим. Тепер мені доводиться працювати на ферму. Подбайте про домашню роботу. Я повернуся.

Троянда

Ти можеш залишити це мені.

Вони прощаються з кожним, хто збирається виконати свої зобов'язання. Працюючи над своєю роботою, Люба думала про все, що пов'язано з її життям. Для того, щоб змінити свою траєкторію, це було лише невелике рішення, яке викликало серйозні перетворення. Вона думала тільки про себе на шкоду волі своєї сім'ї. Тому що якщо ми думаємо про думку інших, ми ніколи не будемо по-справжньому щасливі.

Фермер повертається, і вони знову зустрічаються на кухні.

Троянда

Як пройшов ваш день на роботі?

Гарсія

Це було багато професійних зобов'язань. Я дуже втомився. Що ви приготували на вечерю?

Троянда

Я готував овочевий суп. Вам це подобається?

Гарсія

Я закоханий. У вас величезний талант до приготування їжі. Тепер ваша черга. Як ви провели день вдома?

Троянда

Я подбав про кожну деталь чистоти, їжі та організації співробітників. Я дуже досконала людина. Наші слуги хвалили мене. Я справив на них гарне враження.

Гарсія

Чудово, моя любов. Я знав, що знайшов правильну людину. Ви хороша дружина і прибиральниця будинку. Тепер я хочу повеселитися. Чи підемо ми в спальню?

Троянда

Так. Я чекав цього моменту. Я хочу дізнатися більше про магію любові.

Вони вийшли з кухні і разом лягли спати. Почалася нова шлюбна ніч. Вони були заручені останнім часом і повинні були насолоджуватися цими першими моментами інтенсивна. Тим часом, здається, що світ руйнується.

Реакція сім'ї Люба

Прочитавши лист дочки, сім'я Люба була збентежена. Як ця зрада може бути такою збоченою? З таким ставленням вона просто викинула роки сімейної репутації та поваги в суспільстві. Намагаючись запобігти цьому, що призвело до чогось більш серйозного, Онофре (батько Люба) приготував свою валізу, заліз на коня і пішов за дочкою.

Згідно з інформацією, зібраною другом, Люба буде жити на фермі в Ріо-Бранку. Отже, він пішов. Пройшовши грантову дорогу, він відправився на пошуки своєї мети. У його неспокійному розумі відбувалися жахливо сумні речі. Його бажанням була помста, жорстокість і багато гніву.

Він був незадоволений. З раннього віку він з усіх сил намагався працювати, щоб дати те, що було краще для його дочки. Він навчав найкращих заповідей і правил, яких слід дотримуватися хорошій дівчині. Але здавалося, що вона все це викинула. Чи зробила вона це за гроші? Це було б непростимим і дріб'язковим ставленням. Образа гідності сім'ї.

Не знаючи в цьому, він рухається по цій грантовій дорозі. Зіткнувшись з північно-східним сценарієм, він переживає дивні відчуття, які його турбували. Чи успадкує дочка свій незалежний і сміливий дух? Він згадує своє минуле своїми пристрастями, якими він жив. Він дійсно насолоджувався життям, але втратив любов всього свого життя через розповіді про правила суспільства. Чи був він щасливий? У певному сенсі він відчував себе щасливим. Але це не було повним щастям. Він втратив свою справжню любов, і це залишило шрами на його задньому серці. Це ніколи не було однаково.

Просуваючись далі, я був готовий протистояти чоловікові, який пограбував вашу дочку. Він залишався спокійним і обережним. Але реальність така, що я розлютився. Він відчував себе зрадженим цією парою. Це було відчуття розчарування, сорому і непослуху. Ви повинні були зробити зіткнення ідей.

Знаючи це, через деякий час він вже наближається до ферми. При вході в нерухомість він ідентифікує себе і фермер пропонує отримати його. Пара і відвідувач зустрічаються у вітальні великого будинку.

Onofre

Я засмучений. Ви втекли, як бандити. Ви створили дуже делікатну ситуацію для всіх нас. Що це було божевіллям? Навіщо вони це роблять?

Гарсія

Це був єдиний вихід. Ви поводилися так, ніби володіли своєю дочкою. Але це не так. Діти мають право самостійно вирішувати своє життя. Я був вибором вашої дочки, і ми любимо один одного. У будь-якому випадку ми побудуємо сім'ю. Для цього нам не потрібна ваша згода. Це те, що я хочу прояснити.

Троянда

Мені було дуже погано тікати. Але я не твій в'язень, тату. У мене є вільний дух. Я просто хотів спробувати щось інше у своєму житті. Мені дуже сподобалося життя, яке може дати мені мій чоловік. Мені набридло життя, яке я вів. Не тільки у фінансовому питанні, а й у питанні власної незалежності. З ним я відчуваю себе в безпеці.

Onofre

Я це розумію. Але те, чого я боявся, сталося. Ви – посміховисько суспільства. Всі критикують нас за те, що ми руйнуємо будинки. У цього чоловіка залишилися дружина і діти. Це непроста ситуація.

Гарсія

Ми всі маємо право на помилку,. Я помилявся, вибираючи свій перший шлюб, і я був нещасний. Коли я зустрів вашу дочку, я закохався. У мене не було сумнівів. Я хотів почати своє життя спочатку. Я не думаю, що хтось може судити нас обох.

Троянда

Я ніколи не думав, що це буде легко. Але я не можу жити на основі думки інших людей. Я неймовірно щаслива поруч зі своїм чоловіком. Ми обидва доповнюємо один одного. Ми вже чоловік і дружина.

Onofre

Ви маєте на увазі, що ви займалися сексом? Отже, це шлях неповернення. Якщо шкода буде завдана, то все, що залишилося, це припустити, що. Ти одружишся з моєю дочкою?

Гарсія

Так, я планую зробити це найближчим часом. У нас вже є шлюбні стосунки. Все, що залишилося зробити, це зробити його офіційним. Що ти скажеш з цього приводу? А як щодо того, щоб ми придумали?

Троянда

Для мене було б особливо важливо мати ваше схвалення, тату. Я не хотів конфліктувати зі своєю сім'єю. Якщо ви приймете нас, моє щастя буде повним.

Onofre

У мене немає вибору. Ви можете повернутися до Києва. Я збираюся благословити це весілля. Але у мене є вимога. Якщо ви змусите мою сім'ю страждати, ви можете бути впевнені, що у вас не буде успішного висновку.

Гарсія

Я ніколи не заподію шкоди людині, яку люблю. Я обіцяю шанувати вас до кінця свого життя.

Троянда

Велике спасибі, тату. Ми повертаємося на батьківщину. Я хочу, щоб мої діти росли поруч з вами. Я люблю тебе; Я тебе кохаю.

Троє з них встали і обійнялися. Мені шкода, що зустріч пройшла успішно. Тепер просто рухайтеся далі зі своїм життям і стикайтеся з перешкодами, які виникнуть.

Повернення в гірське село

Коли проблема відносин вирішена, пара повернулася на ферму в Гірське село. Таким чином, для всіх з них почався новий життєвий цикл. Щасливі, вони зібрали сім'ю, щоб відсвяткувати цей союз.

Магдалина

Я не очікував, щоб визнати це, але ви двоє зробити красиву пару. У вас є чудова мелодія, яка приносить масу задоволення. Вітаю, моя любов.

Троянда

Велике спасибі, мамо. Я неймовірно щасливий і в захваті від цього. Ваша підтримка – це все, що я хотів. Ви абсолютно праві. Я неймовірно щаслива поруч зі своїм чоловіком.

Гарсія

Я дуже ціную ваше спостереження, свекруха. Я радій, що ви зрозуміли, що у нас є справжня любов між нами.

Onofre

Я підтверджую слова своєї дружини. Я прошу вибачення за наші розбіжності. Ви дійсно хороша людина. Коли відбудеться це весілля?

Гарсія

Я хочу одружитися в кінці цього року. У нас велика вечірка. Всі повинні бути присутніми. Це буде незабутній день для всіх, день реалізації нашого союзу.

Троянда

Я його встановлю. Я люблю організовувати вечірки. Це буде найщасливіший день у моєму житті.

Всі аплодують і тости з пивом. Життя дійсно є великим колесом огляду. Немає нічого остаточного. В одну мить все може перетворитися на ваше життя. Те, що сьогодні погано, може перетворитися на спокій у майбутньому. Тож не шкодуймо про свої помилки. Вони служать навчанням і для розробки нових стратегій. Головне – не відмовлятися від своєї мрії. Мрії ведуть нас у нашу подорож по землі. Варто прожити кожен з цих моментів з радістю, вдачею, вірою і надією. Завжди є шанс на перемогу і успіх. Повірите.

Спроба колишнього нареченого до примирення

Пітер працював у Сан-Паулу і дізнався через лист про зраду нареченої. Він був засмучений, засмучений і обурений. Як вона могла викинути любов настільки прекрасну, що вона існувала між ними? Все це тому, що ваш опонент був багатим фермером? Це її нікуди не дінеться. Він усвідомлював свою цінність як людини і його кіготь, щоб перемогти. Шкода, що вона цього не цінувала.

Але він ще не здався. Він збирався зробити останню спробу наближення. З цим він сів в автобус і почав здійснювати поїздку назад на північний схід Бразилії.

Прибувши на місце події, він вирушає на ферму. Він оголошує про себе і його вітає його стара дівчина. Вони поселяються на дивані вітальні.

Троянда

Я впевнена, що мого чоловіка тут немає. Що ти тут робиш? Ти божевільний?

Петро

Я не приймаю, Люба. Я дуже сильно за тобою сумую. Чому ти зрадив мене так? Хіба ти не той, хто сказав, що любиш мене?

Троянда

Зрозумійте, люба. Ти відійшов від мого життя. Я не був зобов'язаний чекати на вас. Я думав на практиці. Я побачив кращу можливість для себе.

Петро

Я пішов, щоб отримати гроші на наше весілля. Ми погодилися з цим. Коли я почув, що ти знайшов собі пару, я був приголомшений. Ти мене повністю підвів.

Троянда

Мені шкода за ваші страждання. Але ти занадто молодий. Я хотів би, щоб ви знайшли іншу безперешкодну жінку. Я прошу вас забути мене назавжди і бути просто друзями.

Петро

Ти ніколи не будеш моїм другом. Ти завжди будеш моєю любов'ю. Якщо ви коли-небудь перегляньете своє рішення, приходьте до мене.

Троянда

Все гаразд. Ми не знаємо, якою буде наша доля. Давайте віддаймо це в Божі руки. Все найкраще для вас. Просто будьте в спокої.

Петро

Нехай Бог благословить вас і захистить вас. Я повертаюся до роботи в Сан-Паулу і піклуюся про своє життя.

Ось як це сталося. Петро повернувся в місто Сан-Паулу. Потрібно було забути про страждання і рухатися далі своїм життям. Було багато хороших речей, щоб скористатися життям.

Весільне торжество

Настав довгоочікуваний день. Під час сімейного возз'єднання, що займається танцями, вечірками та музикою, вони святкували союз нашої улюбленої пари. Це було велике свято. Настав час для нареченого і нареченого, щоб говорити.

Гарсія

Це ключовий момент у нашій історії. Момент єдності, гармонії, рішучості і щастя. Це наше життя об'єднується. Я обіцяю, перш за все, що я виконаю свою роль чоловіка гідно. Я буду намагатися бути найкращим чоловіком у світі. Ми будемо рости разом і формувати нашу сім'ю. Для цього мені потрібна підтримка і розуміння сім'ї. Я розумію, що відносини складні. Будуть моменти боротьби, невдоволення і моменти щастя. Але ми будемо стикатися з усім цим разом до кінця. Що ви думаєте, моя любов?

Троянда

Я найщасливіша жінка в світі. Я отримав те, що хотів. Нехай наші діти та онуки приходять, щоб увінчати ці стосунки. Відтепер я зможу жити повноцінним життям. Це не означає, що все буде ідеально, але ми можемо подолати перешкоди, які виникають. Я був великим воїном з дитинства. Я ніколи не дозволяв собі бути подоланим невдачами життя. Найголовніше, що я завжди вірив у себе. Я дуже задоволений.

Всі плескають, і вечірка продовжується. Це був довгий день, повний сімейних святкувань. Наприкінці ночі всі прощаються, і пара насолоджується шлюбною ніччю на фермі. Це був початок нової історії.

Народження першої дитини

Це був рік шлюбу. Люба завагітніла і через дев'ять місяців настав довгоочікуваний день народження дочки. Пара взяла машину і поїхала в міську лікарню. Там лікар почав доставляти. Протягом двох годин жінка плакала і стогнала, поки не народилася її син. Батько зайшов у пологовий зал і обійняв сина. Мати також почала проливати сльози, нудьгувати.

Гарсія

Я неймовірно щасливий. Моя дочка красива і граціозна. Дякую, коханий. Ти робиш мене найщасливішою людиною в світі.

Троянда

Я також найщасливіша жінка в світі на вашому боці. Це початок нашої сімейної траєкторії. Я бачу, що ми йдемо хорошим шляхом і що, незважаючи на всі труднощі, ми поступово долаємо себе. Успіх чекає на нас, мій любий.

Гарсія

Давайте просто поїдемо додому. Члени нашої сім'ї стурбовані.

Пара вийшла з пологового залу, перетнула головне вестибюль, дійшла до зовнішньої зони і сіла в машину. Потім починається подорож назад. Вони перетинають все місто на південь і починають ходити грантовою дорогою. Руху було мало, сонце було сильним, птахи вилітали за межі машини. В іншу мить сонце зникає, і починає падати дрібний дощ. Сільське середовище ідеально підходило для роздумів та емоцій.

Вони просуваються по дорозі, наповненій власними думками, сумнівами і неспокій. Вони проходять через звивисті вигини священної гори. Приваблива, звивиста і небезпечна гора. Це були емоції, що вирували весь час. Було б чудово спробувати.

Повернувшись додому, вони приймають своїх родичів і починають святкування. На вечірці, запиваючи пивом, музикою і танцями, вони насолоджуються цілим днем. Це було велике щастя, яким поділилися разом з друзями. Отже, у них чудові та захоплюючі моменти. Але їхня траєкторія тільки починалася.

Створення першої торгівлі

Після народження сина і з приходом нових витрат пара почала складати план врегулювання ситуації і дійшла згоди.

Гарсія

Я збираюся відкрити ринок для вас, моя дружина. Я збираюся поставити вашого брата в якості менеджера сайту. Він дуже розумна людина.

Троянда

Це чудово, моя любов.

У цьому брат Люба прийшов до будинку і підслухав розмову.

Роні

Я не знаю, як вам подякувати. Мені дійсно потрібна була окупація. У мене також є багато витрат з сім'єю.

Гарсія

Крім цієї можливості, ви також можете створити волів і покласти на мою землю. Вам не доведеться платити за оренду. Таким чином, ви можете заробляти гроші швидше.

Роні

О, Боже мій, це чудово. Велике спасибі, зятя. Я вас не підведу. Ви можете розраховувати на мене весь час.

Гарсія

Я знаю про це. Ви людина, якій можна довіряти. Я завжди буду поруч з вами.

Троянда

Це була чудова ідея. Я радий, що все вийшло. Союз нашої сім'ї фантастичний. Я неймовірно щасливий, моя любов. Ми будемо рости разом.

При всьому в порядку вони приступили до підготовки до реалізації компанії. Все повинно було бути ідеально для того, щоб бізнес був успішним.

Відкриття ринку

Очікуваний день відкриття настав. На вечірці був присутній великий натовп. У ніч, пов'язану з танцями, напоями, музикою і багатьма знайомствами, вони відкрили своє підприємство. Це була реалізація мрії для всіх присутніх людей.

Ринок мав широкий спектр продуктів харчування і був піонером у регіоні. Це дозволить уникнути непотрібних поїздок до міста.

Це була ще одна перешкода, подолана в житті цієї початкової пари. Нехай прийдуть нові досягнення.

Процвітання

Минуло кілька місяців. Торгівля і стадо волів процвітали, що створювало велику фінансову безпеку для цієї сім'ї. У зв'язку зі щастям вони перебували у великій гармонії і спокої вдома.

Це був великий поворот у їхньому житті. Вони вірили в свій сімейний проект, стикалися з невдачами і мужньо прийняли свою ідентичність. Все це дало конкретні результати.

На новому етапі, який почався, вони планували більш високі рейси. Вони об'єдналися для реалізації ідеальної сім'ї. Вони бажали ідеального миру, спогадів і щастя. Тому вони так тяжко працювали.

Сім'я

Минули роки, і сім'я росла з народженням нових дітей. З фінансової точки зору, вони мали зростаюче процвітання. Таким чином, були встановлені сімейні відносини. Це суперечило прогнозам усіх стосунків інших людей.

Ось чому ми завжди повинні брати на себе відповідальність за своє життя. Ми повинні звільнитися від впливу інших і стати авторами нашої траєкторії. Тільки тоді у нас буде шанс бути щасливим. Потрібна віра, стійкість, воля і свобода.

Наша справжня доля – бути щасливими. Але для цього нам потрібно діяти більше і очікувати менше. Це те, чого ця пара навчилася протягом усього життя.

10-річний період

Фермер фінансово допомагав сім'ї нареченої. Всі її родичі росли в усіх відношеннях. Це принесло всім більше гармонії і щастя. Це був ідеальний і щасливий союз. Через десять років фермер страждав від важкої хвороби. Незважаючи на всі зусилля, він не зміг відновитися і помер.

Це був великий біль для всіх родичів. Процес скорботи почався і тривав довгий час. Це були темні і важкі періоди. Після того, як цей великий біль минув, було зроблено нове планування. Потрібно було так чи інакше відновлювати життя.

Реюньйон

Після смерті фермера колишній наречений повернувся в Пернамбуко. Він пішов на зустріч з вдовою.

Петро

Я готовий вас пробачити. Тепер, коли ви вдова, я хочу повернутися разом з вами. У мене більше немає душевних болів.

Троянда

У мене було кілька дітей з чоловіком. І ви теж одружилися. Чи зможемо ми повернути свою любов?

Петро

Я запевняю вас, що це спрацює. Ми все ще можемо бути щасливими. Зараз ситуація зовсім інша. Наші шляхи знову зібралися разом. Просто рухайтеся далі і будьте щасливі.

Троянда

Я візьму це. Я хочу бути щасливим з вами. Давайте побудуємо красиву історію. Це наш шанс.

Пара обійняла і поцілувалася. З тих пір у них було більше дітей і вони побудували ідеальні відносини. Це була реалізація старої мрії. Нарешті, історія досягла успішного завершення.

Визнання його ролі в суспільстві

Ми не знаємо, звідки ми прийшли і куди йдемо. Це те, що переслідувало нас все наше життя. Коли ми народжуємося і усвідомлюємо соціальне середовище, в якому живемо, у нас складається невелике враження про те, ким ми можемо бути в житті. Але це лише припущення. Ці внутрішні запити ведуть нас до нестримного пошуку, щоб дізнатися, хто ми і ким ми можемо бути. Саме тут відбувається навчання самого життя, яке веде нас до потрібного місця.

На цьому життєвому шляху ми керуємося знаками. Розпізнати і прищепити це непросто, тому що у нас є дві сили в конфлікті в нашому бутті: добро і зло. У той час як добро направило нас на правильний бік, зло намагається знищити нас і відвести від істинної долі Бога. Позбавлення від цієї дії негативних думок - це вміння, яке мало хто має.

У цей момент в нашому житті з'являються духовні вчителі. Ми повинні мати дух готовий слідувати вашим порадам і досягти успіху в житті. Але якщо ви поставите себе за бунтівного духу, нічого не зробить. Це називається законом повернення або законом врожаю. Будьте мудрі і вибирайте правильний.

Перейдемо до мого прикладу. Мене звуть Алдиван, відомий як провидець, син Божий або Божественний. Я народився в бідній сім'ї фермерів з мізерним фінансовим становищем. У мене було чудове дитинство, незважаючи на фінансові труднощі. Цей етап дитинства є найкращим у нашому житті. У мене залишилися приємні спогади про дитинство і юність.

Коли вони досягають повноліття, починаються колекції сім'ї і суспільства. Це виснажлива і гнітюча фаза. Ми повинні мати емоційний контроль, щоб подолати всі перешкоди, які з'являються. Таким чином, мої пошуки фінансової стабільності були моїм фокусом. На жаль, емоційна і любляча проблема була останнім варіантом. У той же час, я думаю, що я зробив правильний вибір. Ця афективна проблема сьогодні занадто складна. Ми живемо в жорстокому світі, повному любові. Ми живемо поруч з егоїстичними і матеріалістичними людьми. Ми живемо поруч з людьми, які просто хочуть скористатися моральними цінностями. Незважаючи на все, що я згадав, я вважаю, що мій вибір для професійної сторони був правильним вибором.

Я закінчив коледж і почав працювати на державній службі. Це був великий особистий виклик для мене. Примирити різні види діяльності паралельно з художньою діяльністю нікому непросто. Це був період важливих відкриттів і навчань, які додали до побудови мого персонажа. Хороші часи привели мене до спалахів щастя і гармонії. Важкі часи принесли мені надзвичайно сильні болі, які зробили мене людиною, більш підготовленою до повсякденних ситуацій життя.

Вся моя кар'єра навчила мене, що наші мрії - найважливіші речі в нашому житті. Саме за мої мрії я продовжував жити і наполягати на своєму успіху. Ніколи не відмовляйтеся від того, чого хочете. Порожнє життя - це надзвичайно жахливий тягар. Отже, якщо ви зазнаєте невдачі, переосмисліть своє планування і спробуйте ще раз. Завжди буде новий шанс або новий напрямок. Віріте у свій потенціал і рухайтеся далі.

Пошук мрії

Я жив у дитинстві абсолютно непривілейованою ситуацією. Народившись в сім'ї фермерів, чий єдиний дохід був мінімальною заробітною платою за бразильськими мірками, я зіткнувся з великими фінансовими труднощами в дитинстві. Ця нестача ресурсів змусила мене з раннього віку боротися за свої проекти. Я кинув своє дитинство, щоб підготуватися до ринку праці. Моєю єдиною метою було здобути фінансову незалежність, що зовсім непросто.

Я відмовився від усіх видів дозвілля, щоб присвятити себе своїм проектам. Це був особистий вибір перед моєю особистою справою. Але кожен вибір має свої наслідки. Я не міг знайти справжньої любові за те, що присвятив себе так багато професійній стороні. Це було великим наслідком моїх вчинків. Я не шкодую про це. Справжня любов між парами зустрічається все рідше.

Це була довга траєкторія зусиль у навчанні та роботі. Я пишаюся своєю особистою траєкторією і закликаю молодь боротися за свої мрії. Це займає багато уваги на все, що ви присвячуєте собі. Ми завжди повинні бути раціональними в плануванні життя. Я кажу, що з фінансового аспекту публічний тендер – найкращий вибір. Конкуренція в публічній сфері має стабільність, що є фундаментальним для фінансового планування.

При хорошому фінансовому плануванні ми можемо отримати кращий погляд на життя. Інші аспекти життя також доповнюють, щоб скрасити наше життя. Тим часом, те, що ми повинні зробити, щоб досягти успіху, це робити добро. Ми можемо бути повністю благословенні нашими діями.

Дитячі переживання

Я народився і виріс у маленькому селі на північному сході Бразилії. Родом зі скромної сім'ї, моє дитинство постраждало, але добре скористалося. Я грав у м'яч і скидав вершини з хлопцями, купався в річці, лазив по фруктових деревах, їв їх плоди, навчався в школі і досяг чудового виступу, брав участь у вечірках і світських заходах, у мене було абсолютно щасливе життя і ніяких обов'язків.

Питання неблагополучного матеріального становища задушило мене, але це не завадило мені мати щасливі моменти поруч з сім'єю, родичами, друзями та сусідами. Це були хороші часи, які ніколи не повертаються. Коли я пам'ятаю це, я відчуваю, що моя жива енергія лунає протягом усього мого буття.

Дитячий досвід був паливом, необхідним для того, щоб підживити мої надії бути щасливими та успішними. Моя сімейна ситуація була непростою: традиційна сім'я, повністю проти моєї сексуальності і жорстка до такої міри, що я не приймала рішень. Коли мій батько був живий, він керував сім'єю. Після смерті батьків мій старший брат, п'ятий у черзі спадковості, не дозволяв нікому мати думку про спадщину мого батька. Це той, хто домінує в будь-якій ситуації. Він був безжальним чоловіком.

Отже, я зараз живу в будинку, який успадкував від батьків, але без будь-яких повноважень приймати рішення ні про що. Я підкоряюся цій ситуації, тому мені не потрібно жити на вулиці і бути на самоті. Я не витримаю самотності в будь-якій з її форм. Я боюся майбутнього і прошу Бога не бути самотнім у старості.

Ніхто не поважає мою сексуальність.

Бразилія - жахлива країна для ЛГБТІ-групи. Я приймаю себе як ЛГБТІ, і я не можу отримати достатньо, маючи насмішки і жарти, куди б я не пішов. Це насмішки всередині сім'ї, в суспільстві, в якому я живу, коли я подорожую, в школі, на роботі. У всякому разі, мене ніде не поважають.

Люди повинні розуміти, що сексуальність не визначає наш характер. Я хороший громадянин, я працюю, я сплачую свої борги, я виконую свої обов'язки громадянина, і все ж ніхто не дає мені права ні на що. Це як я невидимий і неприємність у суспільстві.

Мені шкода, що є так багато людей розумово відсталих. Мені шкода, що є так багато людей, які погано поводяться. Дуже сумно не мати притулку. Єдиною людиною, яка мене підтримує, є Ісус Христос. Він завжди зі мною, і він ніколи не покидав мене.

Велика помилка, яку я зробив у своєму любовному житті

Я познайомився з людиною в перший день на новій роботі. Він дуже гарний чоловік і показав себе ввічливо і доброзичливо до мене. Я був у захваті від нього. Відразу ж у нас була велика спорідненість, і ми дуже добре порозумілися. Через друзів я дізнався, що у нього була зустріч з жінкою. Незважаючи на це, це не завадило мені любити його таким чином, що я ніколи не любив іншого чоловіка.

Це була велика помилка, яка коштувала мені великих грошей. Поясню далі.

Через рік я нарешті вирішив інвестувати у відносини з цією людиною. Я заявив про себе в особливо важливу дату для нас обох. Те, що було таким прекрасним і зачарованим почуттям, перетворилося на велику катастрофу. Він був дуже грубий до мене і відмовився від мене. Він повністю знищив мене, і з цим ми пішли, щоб ніколи більше не об'єднуватися.

Я його не звинувачую. Це була моя велика вина, що я вклав свої надії в людину, яка була прихильна до когось іншого. Але це був той доказ, якого я дійсно хотів. Я хотів подивитися, чи відчуває він щось подібне для мене. Коли він вибрав свою дружину, це показало, що він любить свою дружину більше, ніж мене. Це те, чого я не шукаю. Я ніколи не був би другим вибором для чоловіка. Я хочу і завжди заслуговую на те, щоб бути на першому місці у відносинах. Менше того, я цього не приймаю. Я відчуваю себе досить добре на самоті.

Після цієї трагічної події я все ще любив цю людину вісім років поспіль. Зараз відчуття, яке я маю до нього, дрімає. Здається, що відстань допомогла мені в процесі забуття. Я відчуваю себе добре подумки, і я сподіваюся, що я ніколи не потрапить в пастку, як це знову. Краще мати психічне здоров'я і бути самотнім.

Велике розчарування, яке я мав з колегами

На мойй новій роботі і в багатьох інших, які я мав, я був дуже неправий з людьми. У всіх цих ситуаціях я пробував дружній підхід з колегами. Я хотів дружити з ними, але дуже шкодую про це. У мене були великі розчарування в цьому сенсі, які змусили мене зробити висновок, що ніхто не має друзів на роботі.

Я розчарований тим, що не маю друзів, куди б я не пішов. Я думаю, що велика частина проблеми полягає в упередженнях людей. Оскільки я гей, чоловіки уникають будь-якого шляху, яким я йду. Що стосується жінок, вони бояться, що я візьму їх чоловіка. У будь-якому випадку, я відчуваю себе ізольованим.

Світ є великим викликом для тих, хто є частиною відкинутої меншості. Ми повинні жити з різними людьми і нетерпимими до наших особливостей. Це не легкий процес, щоб зіткнутися з суспільством так пізно. У мене немає чиєїсь підтримки. Навіть у своїй сексуальній групі я не відчуваю підтримки. Є й інші забобони в гей-спільноті, які ізолюють мене ще більше. Ось чому після 14 років пошуків любові я повністю здався. Сьогодні я самотня, щаслива людина. Я відчуваю себе освіченим і благословенним Богом у всьому, що я роблю.

Великі прогнози на моє життя

Я неймовірно щаслива людина. У мене здоров'я в ідеальному стані завдяки чудовій переробці їжі, що я роблю, у мене є багато родичів, які відвідують мене час від часу, у мене є моя робота, яка підтримує мене фінансово, у мене є моя художня діяльність як моя психологічна підтримка, і у мене є великий Бог, який ніколи не покидав мене.

Я пережив деякі великі труднощі з тих пір, як я був молодим, і це змусило мене стати людиною, якою я є сьогодні. Я надзвичайно сильна людина подумки, я вірю в духовність, я вірю в свою добру долю, і я вірю, що мої мрії забудуться, навіть якщо вони займуть час. Цей пошук мрії - це те, що тримає мене в живих. Я письменник, композитор, кінорежисер, сценарист, перекладач серед інших художніх заходів.

У певному сенсі я вже здійснив багато мрій, які у мене були. Для тих, хто народився в дуже несприятливих умовах, це велике досягнення. Я народився абсолютно ні з чим, і сьогодні у мене стабільна кар'єра. Все завдяки моїм особистим зусиллям. Я дуже цілеспрямована і цілеспрямована людина. Я пишаюся собою в усіх відношеннях. Отже, прогноз, який я роблю для свого життя, полягає в тому, що я буду повністю успішним, тому що я прагну до цього.

Святий, який був сином фармацевтам

Аптека

Чивитавекия - Італія

1 січня 1745 р.

Вся робоча група зібралася на приватне святкування сина вождя.

Голова

Ми зібралися тут з моєю другою сім'єю, щоб відзначити прибуття мого сина до моєї сім'ї. Це день радості і день безперервності покоління. Я залишу свій товар і свій характер як приклад. Я розрахую на вашу допомогу, моя улюблена Надія, щоб ми могли виховувати цього сина разом.

Надія

Я в захваті, моя любов. Сьогодні для мене день нагородження. Початок святкового циклу. Я обіцяю перестати бути найкращою матір'ю для нашого сина.

Представник співробітника

Від імені всіх співробітників вітаємо пару і бажаємо здоров'я, успіхів, достатку і терпіння для виховання дитини. Це непросте завдання піклуватися про дітей в ці дні. Ми будемо готові підтримати вас будь-яким способом, який вам знадобиться.

Голова

Спасибі всім!

Вечірка почалася. Було багато їжі, танців, музичної групи, і багато радості. Це були три дні вечірок поспіль, що змусило всіх дуже втомитися. Помітні події повинні були святкуватися, і вони заслужили відпочинок, тому що вони наполегливо працювали.

Ранні роки

Хлопчик Лукас Марія Стримбі був веселим, забавним і дуже слухняним батькам. У зв'язку з високим фінансовим станом сім'ї у нього було багато можливостей: у нього було приватний вчитель, учнівство плавання, заняття спортом з друзями, багато подорожували, були моменти самотності. Він багато вивчав Біблію, яка виявляла його католицьку схильність з самого початку його дитинства і юності.

Одного разу нарешті настав особливий сімейний момент.

Голова

Це все організовано для вашої поїздки, мій синку. Коли ми зрозуміли, що ви цікавитеся католицькою релігією, ми з твоєю матір'ю вирішили відправити вас до семінарії. Там у вас буде можливість мати кращий психологічний, релігійний та емоційний розвиток.

Надія

Я думаю, що це розумна ідея. Якщо це не спрацює, ви можете повернутися. Двері мого дому завжди будуть відчинені для тебе, мій сину.

Лукас

Я дав його тобі, мамо. Я ціную вас обох. Я вже упакований і з великими очікуваннями. Я обіцяю присвятити себе навчанню. Я все ще буду великою людиною.

Надія

Ти вже наша гордість, синку. Ми наддамо вам всю необхідну підтримку. Завжди розраховуйте на нас.

Лукас

Дякую. Побачимося у відпустці.

Після довгих обіймів і поцілунків вони нарешті розійшлися. Водій супроводжував хлопчика до машини і провів кілька хвилин, поки вони не зникли назавжди. Це був початок нової подорожі для цього маленького хлопчика.

Подорож

Початок прогулянки почався одноманітно. Тільки холодний вітер і невеликі краплі потрапили в дзеркало заднього виду і бризнули всередину автомобіля, залишивши хлопчика напоготові. Було багато емоцій, що містяться одночасно. З одного боку, страх перед невідомим, а з іншого - тривога і нервозність, які його поглинули. Це характерно для багатьох людей в нових ситуаціях, які представляють себе в нашому житті. Нелегко було відмовитися від життя комфорту і захисту батьків навіть більше, ніж Лукас був просто дитиною.

Світловідбивача ситуація була порушена тільки через падіння на підлогу пачки сигарет. Хлопчик спустився, забрав цигарки і повернув їх водієві. Він робить вдячний вираз.

Водій

Ти врятував мені життя, хлопче. Ця пачка сигарет - це те, що рятує мене від депресії.

Лукас

Чи знаєте ви, що сигарети - шкідлива звичка, і це може завдати шкоди вашому здоров'ю? Що сталося у вашому житті, щоб змусити вас до сигарет?

Водій

Це було багато речей. Я не хочу турбуватися про свої проблеми.

Лукас

Без проблем. Але я міг би бути хорошим другом і радником для вас. Що вас турбує?

Водій

Я, і мої друзі створили прекрасну сім'ю. Я працювала в металургії, дружина була вчителькою, а син був під опікою прибиральника будинку. Ми були згуртованою, стабільною, щасливою сім'єю. Поки я не зробив помилку на роботі і був звільнений. Після цього моя підлога обвалилася. Мені довелося піклуватися про сина і більше нікого не докладати зусиль, мені не подобалася моя дружина.

НІЩО НЕ МОЖЕ УНИКНУТИ ВАШОЇ ДОЛІ

Почалися бої, наш союз розбався, і нам довелося розлучитися. Вона з сином забрали мій будинок, і мені довелося переїхати в квартиру. Я став само зайнятим водієм, щоб оплатити рахунки. У мене був жахливий момент самотності, і це змусило мене зробити звичку курити. З тих пір я не зупиняв цю прокляту залежність.

Лукас

Це дійсно сумна історія. Але я не думаю, що ви повинні бути вражені. Якщо ваша дружина не розуміла вашої слабкості, то вона вас недостатньо любила. Ви позбулися фальшивих стосунків. Я вважаю, що єдиною втратою був ваш син. Але я думаю, що ви можете відвідати його і таким чином пом'якшити цю тугу. Рухайтеся далі. Життя все ще може принести вам великі радощі. Все, що вам потрібно зробити, це повірити в себе. Відмовтеся від сигарети, поки зможете. Замініть це практикою читання, дозвілля, ввічливої розмови або художнього твору. Тримайте свій розум зайнятим, і ваші симптоми депресії стануть більш крихкими. Одного разу ви скажете собі: "Я готовий знову бути щасливим". У цей день ви знайдете фантастичну жінку і одружитеся з нею. У вас може бути краща робота і нова сім'я. Після цього ваше життя буде відновлено.

Водій

Велике спасибі за пораду, друже. Цей процес відновлення мого життя виглядає так, ніби він буде жахливо повільним. Я буду чекати правильного моменту, щоб знову з'явитися. А поки що я йду з великою вірою. Дійсно, ваші слова мені дуже допомогли.

Лукас

Ви не повинні дякувати мені. Я вірю, що Бог надихнув мої слова. Давайте рухатися далі!

Між парою висить тиша. Автомобіль прискорюється і сонце починає сходити. Це був великий знак. Сонце прийшло, щоб принести енергію, необхідну для того, щоб зігріти м'язи, душу і серце. Це було дихання для таких неспокійних душ.

Подорож пішла, і вони не прийшли час, щоб дістатися до кінцевого пункту призначення і відпочити від своєї роботи.

Прибуття в семінарію

Пара, нарешті, прибула в семінарію. Спускаючись з машини, хлопчик оплачує квиток, віддаляється від машини і йде до імпозантного входу в будівлю. Суміш неспокою, сумнівів і нервозності продовжувала його. Що станеться? Які емоції чекали вас в новій обителі? Тільки час може відповісти на ваші найпотаємніші запитання.

Він уже був у залі. З валізою на руках він почав відповідати на питання однієї з черниць.

Анжеліка

Звідки ти берешся? Скільки вам років?

Лукас

Я родом з Чивитавекия. Мені 12 років, і я приходжу в релігійне життя.

Анжеліка

Дуже добре. Знайте, що релігійне життя не є легким способом, хлопче. Дорога в світі набагато привабливіша і легша. Бути релігійним – це велика відповідальність. Спочатку ви повинні зосередитися на навчанні. Якщо ви розумієте, що у вас є релігійне покликання, то вам потрібно буде зробити наступний крок. Все має свій час.

Лукас

Зрозуміти. Так я буду діяти. Ви можете бути впевнені.

Анжеліка

Отже, що я можу сказати? Ласкаво просимо, люба. Дім надії – це місце, яке вітає всіх. Ми очікуємо, що ви будете дотримуватися правил поведінки. Повага є нашою головною заповіддю.

Лукас

Дуже вам дякую. Я обіцяю, що все буде добре.

Хлопчика відвезли в одну з кімнат. Оскільки подорож була виснажливою, він відправився відпочивати. Він повинен був бути повністю відновлений, щоб почати свою апостольську роботу.

Візит Богоматері

Після вечері хлопчик зібрався в молитві в кімнаті. Тривожна тиша заповнила ніч. Через кілька хвилин він починає відчувати тонкий вітерець. Жінка підходить зсередини білою хмарою і приземляється в кімнаті. Вона була брюнеткою, веселою, з почервонілими обличчями і дивовижною посмішкою.

Лукас

Хто ти?

Мері

Мене звати Марія. Я посередник усіх благодате, необхідних для всього людства.

Лукас

Що ти хочеш від мене?

Мері

Я хочу використовувати вас, щоб попередити людство. Ми живемо в жорстокі часи єресь. Людство відхилилося від Бога, і диявол домінував у світі своєю ненавистю. Добрих душ дуже мало.

Лукас

Що мені робити?

Мері

Багато моліться. Моліться вервиці кожен день за зцілення людства. Ми повинні об'єднати зусилля, щоб спробувати врятувати людство.

Лукас

Що ви скажете моєму апостольському шляху?

Мері

У вас є все, щоб рости в моїй церкві. Ви молодий вчений, освічений, з цінностями і з добрим серцем. Ви один з тих, хто вирішив відновити Нову Церкву, більш інклюзивну релігію, яка споглядає всіх бродячих слуг.

Лукас

Я задоволений таким хорошим завданням. Я обіцяю присвятити себе повній мірі. Ми повинні зробити так, щоб Церква розвивалася і була небесними дверима для віруючих. Велике спасибі за цю можливість.

Мері

Ви не повинні дякувати мені. Я повинен піти звідси. Залишайтеся з Богом.

Лукас

Дякую, моя люба мати. Побачимося з вами з іншого шансу.

Божа Матір повернулася в хмару і в одну мить зникла. Втомившись, хлопчик заснув. Наступні кілька днів принесуть більше новин.

Урок релігії

Рано вранці, після сніданку, теологічний клас почався зі студентів.

Учитель

Спочатку Бог створив небо і землю. Поступово простори заповнювалися живими істотами. Великий Бог є Богом різноманітності. Потім були створені мільйони різних видів, кожен зі своєю специфічною функцією. Людський вид був створений і дав завдання піклуватися про землю. Все було неймовірно красиво з миром, що панував по всьому королівству. Поки первісні люди не повстали, порушуючи закон Творця. Так прийшов гріх, який заплямував людську траєкторію. Але не все було втрачено. Примирення з Богом було обіцяно в майбутньому. Ми бачили, що Христос добре виконав цю роль, повернувши нам святість. Своїм розп'яттям Христос об'єднав все людство.

Лукас

Є речі, які я не розумію в цій теорії. Хіба людина не була дуалістом назавжди? Чи Христос помер, щоб врятувати нас від наших гріхів, чи він став жертвою змови євреїв?

Учитель

Насправді ми мало знаємо про походження людства. Стародавні рукописи повідомляють, що людська істота зберігала святість за своїм походженням і що порушення божественного закону було причиною походження гріха. Немає ніякого способу дізнатися, що таке правда. Це так, як Христос сказав: Ви не повинні жити, щоб вірити. Що стосується другого питання, то можна сказати, що дві гіпотези вірні. Наш господар став жертвою зради, і це послужило жертвою для людства. Христос був досконалий і не заслужив смерті. Його смерть була ціною фундаменту Церкви і нашого спасіння.

Лукас

Я розумію і вірю. Це змушує мене вірити вашим словам. Христос може бути символом цієї творчої сили, яка будує людину. Солідарна, чуйна, прощена сила, яка охоплює добро і зло, яка завжди чекає примирення. Але це також сила справедливості, яка захищає добро від поганого. У цьому і полягає поняття закону про повернення. Зло, яке ми робимо, повертається до нас з ще більшою силою.

Учитель

Правильно, мій любий. Ось чому необхідно контролювати наші цінності. Необхідно виправити свої помилки, щоб розвиватися. Перш ніж говорити, подумайте. Недоречне слово може сильно зашкодити нашому сусідові. Цей біль може призвести до постійних психологічних проблем. Це занадто погано поводиться з людською душею.

Лукас

Ось чому мій девіз завжди нікому не зашкодив. Але люди не піклуються про мене однаково. Вони навіть не піклуються про заподіяння болю і нерозуміння. Люди дуже егоїстичні і матеріалістичні.

Учитель

Саме тому ми вивчаємо теологію. Це розуміння того, що Бог є більшою силою, яка дивує наші слабкості. Це розуміння того, що прощення є звільненням від наших недоліків. Це бачити в жертві Христа знак, щоб ми могли боротися проти наших ворогів з упевненістю в перемозі.

Лукас

Дякую, професоре. Я починаю насолоджуватися школою. Давайте рухатися далі!

Заняття тривали весь ранок і були часом задоволення і прийняття у вірі Христа. Закінчивши школу, вони пішли обідати і відпочивати. Все було добре в будинку надії.

Розмова на семінарі

Минуло два роки з тих пір, як молодий Вінсент навчався. Потім наближався момент розмови, який збирався вирішити ваше майбутнє.

Черниця

Ми розуміємо, що ви дуже старанний молодий чоловік у всіх сферах. Ми хочемо вас привітати. Ми також хотіли б знати, яке ваше бажання в майбутньому. Ви дійсно хочете стати священиком?

Лукас

Я ціную ці слова. Я був Христом з самого народження. Отже, моя відповідь позитивна. Я хочу приєднатися до цього ланцюга добра. Я хочу виграти багато душ для мого пана.

Черниця

Дуже добре. Тоді давайте влаштуємо священні обряди. Заздалегідь ласкаво просимо на заняття.

Лукас

Дуже вам дякую. Я обіцяю, що не підведу вас.

Життя пішло далі. Вінсент був висвячений на священика і почав свою священицьку діяльність. Це була реалізація старої мрії, і я знав, що це сімейна гордість.

Вхід до конгрегації люблячий

Лукас звернувся до збору люблячий з метою зустрічі з засновником.

Павло з хреста

Чи ви маєте на увазі, що ви зацікавлені приєднатися до нашого збору?

Лукас

Так. Я бачу, що ви дуже добре говорите про свою роботу. У мене є спорідненість з вашою діяльністю. Я хочу зробити все можливе і вести свій внесок у зростання команди.

Павло з хреста

Я радий, що ви це робите. Наша компанія відкрита для всіх, хто хоче співпрацювати. Ваша апостольська робота зачаровує мене і змушує повірити, що ви є великим придбанням. Прошу.

Лукас

Я задоволений. Це більше мрія, яка збулася. Ви можете бути впевнені, що я зроблю все можливе.

Лукас був формально інтегрований в команду і почав займатися соціальною роботою збору. Він був яскравим прикладом християнина.

Подорож по країні як місіонер
У селі на півдні Італії

Селянська

Чи маєте ви на увазі, що ви посланець Бога? Як, на вашу думку, ви можете допомогти відчайдушній бідній селянці?

Лукас

Я приношу з собою мир Божий. Завдяки божественним вченням ви можете подолати свої проблеми і стати більш досвідченою людиною.

Селянська

Дуже добре. Як я можу бути щасливим, дотримуючись Божественного закону?

Лукас

Дотримуйтесь заповідей. Любіть Бога першим, як себе, не вбивайте, не крадіть, не заздріть, працюйте заради своєї мрії, прощайте і робіть милосердя. Це ті речі, які ви можете зробити і стати кращою людиною.

Селянська

Іноді мені сумно через мої особисті розчарування. Моя мрія полягала в тому, щоб стати лікарем, але бідність змусила мене піти іншими шляхами. Сьогодні я денний робітник і пральна машина. За гроші від роботи я підтримую своїх трьох дітей. Чоловік-алкоголік втік з іншою жінкою. Я думав, що це добре, тому що він був тягарем для мого життя. Я досі пам'ятаю ваші зради, і це боляче. Я хотів знайти більш чіткий шлях до свого життя.

Лукас

Бережіть своїх дітей. Це ваше найбільше багатство. Наша сім'я – наше найбільше багатство. З мого життєвого досвіду, ставтеся до них добре. Ви будете здійснювати свої мрії через них.

Селянська

Істина. Я дуже намагаюся дати їм все, чого у мене не було. Я хороша мама-консультант. Я просто хочу того, що краще для моїх дітей.

Лукас

Це добре. Бог благословить вас і зцілить ваші болі. Є зло, яке приходить вчити. Немає перемоги без страждань. Невдача готує нас до того, щоб стати справжніми переможцями.

Селянська

Слава Богу. Дякую за все, Отче.

Лукас

Дякувати Богу, моя дитино. Все найкраще для вас.

Робота християнського пастора була абсолютно чудовою. Він зачарував безліч своєю мудрістю і вірою в Христа. Яскравий приклад того, що добро завжди переважає.

Смерть засновника Конгрегації

Поль да Круз помер. Це був жахливий біль для Лукас, який був особливо хорошим другом з ним. Це був бурхливий день. Натовп був присутній на хвилі. Між молитвами і сльозами вони оплакували втрату цієї великої людини. Смерть дійсно незрозуміла. Смерть має силу забрати присутність тих, кого ми любимо найбільше.

Похоронна процесія вийшла з дому і просунулася вулицями міста в бік кладовища. Це був сонячний день з сильними вітрами, які страшенно вдарили по їхніх обличчях. Там траєкторія благородної людини закінчилася. Людина, присвячена своїй релігійній вірі.

Парад вперед від викопаної на кладовищі ями. Останнє слово дається вашому головному учневі. Наш любий Лукас.

"Настав час прощання з великою людиною. Чоловік з чудовою кар'єрою перед своїм збором. Він дійсно виконував свою місію. У своєму проекті він допомагав тисячам людей своїми порадами, фінансовою допомогою та добрим прикладом. Він залишив слід дворянства. Він пишався своєю сім'єю, суспільством і християнськими братами. Це був безповоротний характер, який надихнув нас бути кращими людьми. Ідіть з миром, брате! Нехай Бог-Творець дасть вам решту, на яку ви заслуговуєте. Одного разу ми зустрінемося знову.

Між сльозами і оплесками тіло було поховано. Там закінчилася траєкторія великої людини на Землі. Залишилося побажати йому удачі в його новій вічній оселі.

Призначення на посаду єпископа

Вінсент Мері виріс у своїй місії і святості. Його апостольською роботою захоплювалися всі. В якості нагороди за свою працю його єпархія вирішила висунути його на посаду єпископа.

Настав великий день. На приватній церемонії священнослужителі зібралися на велике свято.

Колишній єпископ

Прийшов час піти у відставку і провести решту моєї старості, відпочиваючи. Ось, ми вибрали Вінсента Марію, щоб зайняти моє місце. Він є висококваліфікованим священиком для цієї роботи. Його проект у зборі був цінним інструментом для Католицької Церкви в боротьбі з євреями і в завоюванні нових віруючих. Бажаю вам удачі, люба. Що декларувати?

Вінсент Мері

Для мене велика честь отримати таку нагороду. Я обіцяю залишатися вірним своїм переконанням і дотримуватися закону святої Матері-Церкви. Бог буде зі мною на цьому великому перезапуску прогулянки.

Оплески даються вам обом. Це був новий цикл у житті кожної людини. Вони знали, що єпархія безпечна і що церква святої матері зростатиме ще більше. Бог буде з усіма!

Вторгнення Наполеона Бонапарта

Наполеон Бонапарт був імператором, який узурпував Церкву. Щоб домінувати над усією громадою, солдати вторглися в єпархію, вимагаючи від єпископа посади.

Солдат

Ми тут від імені Наполеона Бонапарта. Пане Єпископе, ви підкоряєтеся владі Наполеона Бонапарта?

Вінсент Мері

Ніколи. Я не підкоряюся авторитету будь-якої людини. Я єдиний слуга Христа.

Солдат

Ну, ось і все. Я збираюся його заарештувати. Вам доведеться багато страждати, щоб навчитися поважати владу.

Вінсент Мері

Якщо це воля Божа, я готовий! Ти можеш мене взяти. Я не боюся чоловічої справедливості.

Єпископа відвезли до в'язниці. Згодом він був засланий в міста Наварра і Мілан терміном на сім років.

Період вигнання

Протягом семи років, коли Вінсент був засланий, він страждав найрізноманітнішими видами фізичних і словесних тортур, які доводили його віру. Це були важкі часи, коли імперіалізм був найбільшою державою. Повідомлення про нього у в'язниці:

"Господи Боже, як я страждаю! Я знаходжу себе на виході. Мої гнобителі багато і сильні. Я відчуваю себе таким самотнім. Тим часом,, ви моя сила і сила. Я вірю в ваше відродження. Я вірю, що це фаза і що ваша потужна рука може прийти, щоб змінити моє життя. Я вірю в свої цінності і свою віру. Все буде добре".

Солдат

Королівство Наполеона Бонапарта впало. Ви можете повернутися до своєї єпархії.

Лукас

Слава Богу. Я не знаю, як подякувати вам за це звільнення. Вперше в житті я відчуваю себе абсолютно вільним. Слава Богу за це! Моя місія може продовжуватися.

Прощання з місією

Вінсент Марія обіймав посаду єпископа ще кілька років. Будучи старійшиною, він просив про відставку. Вільний від своїх зобов'язань, він продовжував допомагати в релігійне свято місіях. Його місія тривала до кінця його днів. Його офіційна канонізація відбулася в 1950 році.

Кінець

www.ingramcontent.com/pod-product-compliance
Lightning Source LLC
LaVergne TN
LVHW020435080526
838202LV00055B/5191